LUIS SEPÚLVEDA
NOMBRE DE TORERO

塞普尔维达作品系列

斗牛士之名

〔智利〕路易斯·塞普尔维达 著

张力 译

人民文学出版社
PEOPLE'S LITERATURE PUBLISHING HOUSE

著作权合同登记号：图字 01-2017-0800

Nombre de torero
by Luis Sepúlveda
Copyright © Luis Sepúlveda，2000
by arrangement with Literarische Agentur Mertin Inh. Nicole Witt e.t.,
Frankfurt, Germany
All rights reserved.

图书在版编目(CIP)数据

斗牛士之名/(智)路易斯·塞普尔维达著；张力译.—北京：人民文学出版社，2017
（塞普尔维达作品系列）
ISBN 978-7-02-012443-5

Ⅰ.①斗… Ⅱ.①路… ②张… Ⅲ.①长篇小说-智利-现代 Ⅳ.①I784.45

中国版本图书馆 CIP 数据核字(2017)第 033825 号

责任编辑　卜艳冰　潘丽萍
封面设计　汪佳诗

出版发行　人民文学出版社
社　　址　北京市朝内大街 166 号
邮政编码　100705
网　　址　http://www.rw-cn.com
印　　刷　山东德州新华印务有限责任公司
经　　销　全国新华书店等
字　　数　103 千字
开　　本　850 毫米×1168 毫米　1/32
印　　张　7
插　　页　2
版　　次　2017 年 5 月北京第 1 版
印　　次　2017 年 5 月第 1 次印刷
书　　号　978-7-02-012443-5
定　　价　35.00 元

如有印装质量问题，请与本社图书销售中心调换。电话：01065233595

献给我尊贵的朋友们：

里卡尔多·巴达

（因为他让我相信自己是个作家）；

巴科·伊格纳西奥·泰波二世

（因为他鼓励我致力于写作黑色小说）；

以及绰号"痞子"的海梅·卡萨斯

（因为他生活在最黑暗的小说中，却从未放弃过照亮别人）。

目 录

001 | 第一部

003 | 一　火地岛：空中的卡拉鹰

007 | 二　柏林：别了，我的潘帕

018 | 三　汉堡：生日快乐！

048 | 四　柏林：一个游击队员的黎明

059 | 五　汉堡：易北河畔的散步

083 | 六　柏林：商务晚餐

092 | 七　汉堡：思考的时刻

102 | 历史回述

107 | 第二部

109 | 八　万米高空：不眠之夜的思考

129 | 九　智利圣地亚哥：萨克森的胡桃夹子

143 | 十　火地岛：秘密

154 | 十一　智利圣地亚哥：生活的变化

169	第三部
171	十二　火地岛：最后的告别
175	十三　火地岛：不速之客
186	十四　火地岛：太阳落山
194	十五　火地岛：南方的长夜
204	十六　火地岛：狭路相逢
212	十七　圣地亚哥：最后的咖啡

第一部

早晚有一天,生命会置于我的面前,而我将出发上路,就像一头雄狮。

——阿罗尔多·贡迪①

---

① 1976年5月4日在布宜诺斯艾利斯失踪的阿根廷作家。

一　火地岛：空中的卡拉鹰

看到路边有个骑在马上的人,"潘帕之星"的司机双眼一亮。除了被汽车尖利的喇叭声吓跑的两只美洲驼,连续五个小时映入他视野中的只有笔直的公路。车的前方是路,左边是长着尖叶须芒草和卡拉法特树的大草原,右边是海。海水不停地咆哮着穿过麦哲伦海峡。此外就再没有别的什么了。

骑马人在大约两百米开外的地方,马很瘦,鬃毛浓密,正开心地啃着地上的草。那人一动不动,整个身子深深地裹在一件黑色彭丘①中,外套大得连马背也盖住了,窄边的高乔帽遮住了眼睛。司机停下车,用胳膊肘抵了抵副驾驶。

"醒醒,帕切科。"

"怎么啦?我没在睡觉啊,先生。"

---

①　当地人的一种传统服饰。

"没睡？你的呼噜声大得都盖过引擎的声音了。有你这么个助手可真他妈的好！"

"都怪这条路，四周都是一样的景物，看得人犯困。对不起！您要一杯马黛茶吗？"

"你看，那个老家伙好像睡着了。"

"只有一个办法可以知道，先生。"

汽车里的旅客被长途旅程折腾得快要散架了，一些人耷拉着脑袋在睡觉，另一些渐渐清醒过来的人在意兴阑珊地聊着足球比赛的失利或是一天比一天低的羊毛价格。司机转过身来，示意大家看那个骑在马上一动不动的人，然后做了个手势让大家安静。

"潘帕之星"滚动着车轮缓缓往前开，在睡着的骑马人跟前停下。马丝毫不为所动，照旧啃着地上稀稀拉拉的草。骑马人停在一个涂成红黄两色的奇怪的木质建筑物旁。这是一个搭在高出地面一米半的木桩上的鸽棚似的东西，差不多能容纳一个人在里面舒服地睡觉。

震耳的汽车喇叭声惊动了那匹马，它抬起脖子，扬了扬头，瞪着两只受了惊吓的大眼睛，猛地一转身，差点把骑马人甩下来。

"安静！安静点，蠢东西！"那人吓得喊道。

"醒醒吧，老家伙！我差一点儿就轧到你了！"司机在助手和乘客们的大笑声中招呼道。

"臭小子，你个混账东西！"那人一边拍着马脖子让它安静，一边骂道。

"别发火，气大伤身啊。让开些，我们要往邮筒里投信。"

"有没有我的信，小子？"

"谁知道，得你自己到邮筒里去找呀。"

副驾驶下了车，走近那个奇特的邮筒，打开邮筒的门，门上写着：五号信箱，火地岛。他从里面取出几个皮绳捆绑的邮包，还有一个印着智利邮政标志的大口袋。他拿着这些上了车，几分钟后又扛着一些火漆封口的包裹和一个邮政口袋下来了。把这些东西都塞进邮筒后，他故意很夸张地关上了邮筒的门。

"看看有没有人还记得你吧。"

骑马人看着"潘帕之星"开远了，它越来越小，直到成为大草原背景中一个模糊的点，这时他才刺了一下马，让它走近邮筒。

信上说："对不起，汉斯。以前的那帮人会去找你的。咱们地狱再见吧！你的朋友，乌尔里希。"

"好吧，该来的总要来的。我已经等了四十多年了，随他们什么时候来吧。"他一边嘟哝着一边又读了一遍手中随风飘动的信。

马被银马刺轻轻刺了一下，开始小跑，带着骑马人进入了大草原。草原上又高又壮的牧草在正午的阳光下熠熠生辉。突然，骑马人拉住缰绳让马停了下来，双脚蹬在马镫上抬头望向天空。一对卡拉鹰正在高处盘旋。

"难道这些大鸟早已嗅出了厄运的气息？"他大声喊道，说罢立刻策马飞奔了起来。

二 柏林：别了，我的潘帕

我知道这封信肯定会经过一番辗转才能到达你们手里。但要知道，记忆并不总是可靠的，而且任何与蓄意背叛沾边的告白都是不可信的。

我背叛了一个人，他是我最好的朋友。但是我始终认为，在这起不幸的事件中并没有任何冲动的因素，所以我要讲出这一切。

那是在一九四一年，汉斯·希耶尔曼和我在第三帝国的警察部队里服役。我们都不是纳粹分子，无论是在搜捕犹太人还是镇压反对派的活动中，我俩都没有什么突出表现。我们奉命在柏林看守斯潘达乌监狱的正门。

当时柏林的冬天是那么的寒冷，现在依然如此。为了御寒，监狱当局就在地下室里整出一间有暖气的小房间。这样一来我们这些警卫就有个地方能休息一下，时不时地喝杯咖啡什么的。我和汉斯在无数次象棋对弈中结下了深厚的友谊。不仅如此,我们还有一个共同的秘密愿望:有朝一日逃离这里,去世界上唯一的世外桃源——火地岛。我们收集了与这个世界尽头有关的一切信息,什么游记剪报啊,地理书籍等。我们贪婪地阅读着这些资料以填充自己的想象,算计着怎么逃走。我是萨霍尼亚人,汉斯是汉堡人。他在家乡的海员圈子里混得很熟,因此他不止一次告诫我说走水路相对安全些。我们甚至计划过开小差逃走,但终因没钱而未能实现。就这样,在那间有暖气的地下室里我们熬过了无数漫漫长夜,一边挪着棋子一边抱怨着贫穷——要不是穷,谁愿意穿这身皮啊。

我现在也记不清那具体是什么时候了。有那么一次,只有汉斯和我两个人在,我们壮着胆子捣弄开了一扇紧锁的门,它通向一个类似地下酒窖的地方。我们知道那是属于党卫军的,因为经常有党卫军军官进进出出,带来或带走一些裹得严严实实的包袱。我们费劲地打开门锁,想着进去找瓶葡萄酒或白兰地什么的,让枯燥的值勤有点乐子。结果我们只发现一些轻便的小包。我俩小心翼翼地打开了其中的一个,一幅油画赫然展现在我们眼前。汉斯和我对艺术都是一窍不通,但我们推断,既然党卫军会收藏这些画作,那么它们一定价值连城。我现在还记得汉斯当时说的话:"嘿,乌尔里希,看来咱们的旅行指日可待了。"

后来我们又多次打开那扇门去欣赏各种艺术珍品。带一件宝贝逃走的念头也曾多次令我们心动,然而一想到不知道该怎么处理名画,我们就苦恼地止步了。如何确定它们的价值?又该把它们卖给谁呢?这且不说,一旦党卫军发现丢了东西,决不会轻饶偷画的人。我们一面琢磨着近在咫尺的巨大财富,一面却因为无计可施而深受折磨。就这样过了好几个月,直到有一天晚上。那天轮到我们值勤,我们再次打开了那扇门。这回我们发现了一只包裹得非常仔细的木盒子。我俩十分小心地打开这只木盒子,没有折断钉子也没有在木板上留下任何痕迹。盒子里有个小匣子,不但层层包裹,还锁着一个结实的铜锁。锁上有这样一行字:"汉萨同盟劳合社①,汉堡"。

---

① 汉萨同盟是德意志北部沿海城市为保护其贸易利益而结成的商业同盟,形成于十四世纪。劳合社本身是个社团,更确切地说是一个保险市场,只向其成员提供交易场所和有关的服务,本身并不承保业务。

这把锁实在是太诱惑人去打开它了。尽管明明知道这会是我们这辈子所走出的最危险的一步,但我们还是逾越了雷池。匣子里的东西让我们透不过气来:六十三块金币!

我俩大喜过望,拥抱在一起。终于,我们就要实现长久以来共同的梦想了。还是汉斯首先从狂喜中清醒过来的。他把金币放回匣子对我说:"乌尔里希,我们现在就得逃。这些金币的价值远非我们所能想象。我们逃吧,逃出去再计划怎么处理这些钱。那些人会上天入地搜个遍来找我们,所以咱们逃得越远越好。"

一九四一年十一月,我们抵达汉堡。汉斯果然和码头工人有交情。我们躲在那里等待着有艘船能把我们带走。在这段时间里,我才知道了许多汉斯以前从未和我说过的事,比如他参加过斯巴达克同盟①。他还有一个兄弟参加了国际纵队的台尔曼旅,在西班牙作战时牺牲了。

码头的社会工人党人把我们藏在阿托那区的一处房子里。

我们在那里藏了三个礼拜,期待着安排中的那只船。我

---

① 德国社会民主党左派于1906年组成斯巴达克派,1918年成立斯巴达克同盟,领导德国人民反对帝国主义战争。

们计划躲在"雷布"号的甲板下。这艘满载木材的智利籍蒸汽船每年在汉堡港停泊两次。在我们苦等的那些日子里,我曾问过汉斯有没有什么主意来卖掉这些金币。他的回答出乎我的意料:"乌尔里希,你别想啦,我们卖不了的。除非战争结束,否则我们没法占有这笔财富。到那时候,看看这些钱的主人是否还要收回它们,或者我们把金币都熔化掉。我担心得等相当长的一段时间才能真正享用这些钱。"

一个夜晚,褐衫军①找到了我们。

我不知道是有人告了密,还是我们的藏身之地早就是盖世太保的一个目标,反正汉斯带着那些钱逃走了。

我在盖世太保的魔掌里遭受的种种折磨在这里就不需多说了。当我不再数得清落在他们手里已是第几个星期(也许是第几个月了)的时候,我可以肯定汉斯还是安然无恙的。于是在一次又一次的审问中我只肯承认在这次偷盗中我是同犯之一。凭借着当过警察的短暂经历,我深知只要我一天不向他们招供我同伙的下落,他们就不会杀了我。

---

① 德国纳粹党的法西斯武装恐怖组织,即冲锋队。因队员穿褐色制服,又名褐衫队。

这群人干这样的勾当真是在行。棍棒拷打，酷刑逼供，样样安排得有条有理，却从不伤及我的性命，也不会把我折磨得疯掉。因为他们知道一个疯子肯定是毫无价值的。在我所忍受的这四年中，有三个字我始终坚守着从未吐露过，而这三个字早已深深地铭刻在我心上，那就是：火地岛。

一九四五年六月，几个苏联士兵在盖世太保总部的地下室里找到了我。此时我已无法走路了，因为腿骨的一次受伤使我永远变成了残废。他们带我离开了那里。我又看到了阳光，看到了废墟中的柏林。我知道德国已经战败投降了，第三帝国完了，噩梦可以结束了。

我对审问我的苏联情报人员编了个故事。我说我曾经当过警察，后来因为参加反法西斯的活动落入了盖世太保手里。为了增强故事的真实性，我还举了几位在汉堡曾经帮助过我们的斯巴达克同盟党人的名字。苏联人就去调查。谁知命运的安排偏偏那么凑巧，这几个人都在战火中丧生了。因为没有任何反方证人，苏联人也就相信了我。

一九四六年初，苏联人把我带回莫斯科去接受治疗，但是我的腿已经无药可医了。后来，我坐着轮椅在成千上万的德军战俘中指认纳粹分子。这样的日子过了五年，最终苏联人允许我回到柏林。我的打算就是离开德国,千方百计也要到火地岛去。我深信汉斯已经在那里了,正守着我的那份战利品在等我呢。但是一个残疾人行动起来可没有想象得那么便捷。我成了一名民主德国的公民。

一九五五年,我第一次得知汉斯的消息。我不清楚他是怎样从悉尼给我寄了一封信,也许是托某个旅行者带的。他的信上虽然只有只言片语,但已足以说明一切:"我得知你腿脚不便,你知道我在哪里。这里是个调养身体的好地方。"

信中寥寥几个字使民主德国国家安全机关斯塔西大为恼火。他们已经完全掌握了金币事件的来龙去脉,现在就是要知道汉斯住在澳大利亚的哪个城市。不知多少次他们把我按在澳大利亚的地图跟前,每次我都跟他们乱扯一通。谢天谢地,澳大利亚是一个大洲。总之,我生活在民主德国,却完全被禁止离开柏林。别人写给我的每封信都由斯塔西先拆阅、研究后我才能收到。我的案卷记录多达千页。

关于汉斯和那笔财富的秘密我苦守了四十年。四十年来我梦里也盼着与汉斯重逢并享用那笔钱。柏林墙倒塌时,我以为渴望已久的时刻终于到了。我攒下了一点积蓄,足够我买一张飞往南美洲的机票,带上合法的护照,任何人、任何力量都再也阻止不了我了。几天前我依然对此深信不疑,然而我最后一次落入了几个武装分子之手。他们以前当过纳粹,鬼知道他们现在是干什么的。

两个人在柏林的闹市区拦住了我。这两个人我已经认识了,他们是前斯塔西的特工。"跟我们走一趟吧,去谈谈汉斯·希耶尔曼的事。"说完他们就把我从轮椅上拖起来塞进一辆车里。一切以迅雷不及掩耳之势发生,我都没来得及呼救。下车时我还是没机会求救,因为车停在一个地下停车场里。我被拖着走到一间隐蔽在一块标示牌后的房间里,不过透过一扇窗户我可以看见这是在选帝侯大街①。

一个自称"少校"的家伙来审问我,这还是头一次。他给我看一大宗写有我名字的案卷,并随手翻了几页。他要让我明白:如果说以前他们对我还不算太心狠手辣的话,那是因为他们在耐心地等着我哪天露出破绽。

可是这个破绽并不是出自我这里。那个所谓的少校从文件夹里抽出汉斯的第二封信,信和上一封一样简短:"现在谁也无法阻挡你了。你来了要通知我,在哪儿你知道。五号信

---

① 选帝侯大街,德国首都柏林最著名的大道之一。

箱。"信是从智利的圣地亚哥寄出的。

一个人能承受住巨大的痛苦。思维的神奇之处在于能够创造出完全空旷的空间让我们藏身其中,而且总会想到最后孤注一掷的出路。为了达到这种可能性,必须信守某样东西,还要有持续的沉默使得这样东西对于敌手来说总是遥不可及的。

看了智利的来信后我知道已经没有什么可信守的了。我一向自认为不是个典型的德国人,因为我会认输。

我再也无法否定汉斯在智利的事实了。即使我随便指出汉斯在智利的某个地方,他们也肯定会查遍所有的五号信箱,最终一定能用排除法确定的。

就这样,我出卖了自己的朋友。我出卖了他,不过当少校对于主使我们行窃的那个幕后主谋一定要问个清楚时,我明白我还有机会争取时间,布个迷阵阻止少校动手。少校认定我们的行动是有人指使的,因为他担心这人会在他之前抢先一步。我陡然记起铜锁上"汉萨同盟劳合社"的字样,这真是一张王牌。

为了争取时间,我继续和他们兜圈子。我说出了一九四一年柏林警察局长的名字。只见少校在一台电脑里查找起来。随即他面露喜色,显然他找到了什么感兴趣的资料。

我不知道这会使我的前任上司卷进什么样的麻烦，再说这对我来说也并不重要。无论如何他可以帮我离开这里。至于逃跑，我是想都别想的了。一个坐着轮椅的人怎么可能逃跑呢？我只想离开这里，趁着少校还没意识到一个重要的问题：我的朋友现在的身份是什么？

我被带到地下停车场再次上了车。这一回少校聚齐他的人马开到了柏林的大街。少校对我说："你只要指认你以前的头儿，告诉我们哪一个是他。这件事对你来说就永远了结了。"

我怎么可能记得一个战乱时我只见过几次的人长什么样子呢？但我还是一口答应了下来。车停在了动物园附近，一个前斯塔西特工推着我的轮椅。一见周围有许多人，我猛地扑倒在地大声喊痛。

一下子围上了许多看热闹的和要帮助我的人。我说："我有心脏病。以前已经犯过一次心肌梗塞了。"少校和他的一帮手下眼睁睁地看着一辆救护车带我离去，一点办法都没有。

一个七十二岁的老人经常有个小病小灾的很正常，更何况一个残疾人呢？

我是在夏洛腾堡医院里写下这封信的。你们可以在火地岛找到汉斯·希耶尔曼和那些害人的金子。我唯一知道的地址在前文已经提到了：五号信箱。但愿这封信能到达你们手里，让你们在少校之前找到汉斯。我朋友现在叫福朗兹·斯塔尔。

我不可能活着出去了。我本可以报告警察寻求他们的庇护，但这场游戏已经拖得太久，如果以这样可笑的结局收场就太不值得了。而且我确信汉斯一定会乐意坚持到生命的最后一刻。我只是简单地给他写道："对不起，汉斯。以前的那帮人会去找你的。咱们地狱再见吧！"

当你们读到这封信的时候，我已经上路了。我输了，我总是败下阵来。别生我的气，也别为我担心。认输也是一种解脱方法。

乌尔里希·海尔姆
柏林，一九九一年二月

三 汉堡：生日快乐！

那是二月的一个下午，我被冻醒了。嘴里呵着热气跳下床来，我先去看看窗子是否都关严实了，事实上它们都关得好好的。我又马上看了看暖气的控制器，已经是最高的五挡了，可是暖气片却冰冷如地面。我正准备给物业打电话，这时听见有人敲门。

我开了门。只见门口站着一个小个子，蓝色的巴拉克拉法帽一直遮过眉毛，一边用手比画着一边说着夹杂在一起的德语和英语，并给我看他的一包工具。

"对不起，我不买东西。"我对他说。

"不，暖气，您明白吗？"

我让他进了屋。他走到暖气片前，蹲下身子，拧开了一个螺栓，洞里开始流出一滴滴油乎乎的水。他安好螺栓，到处摸了摸，转过头拿起一只对讲机，用地道的智利口音说道：

"真糟糕，混蛋。我跟你说过了，完毕。什么？就是说我得去跟每层楼的住户解释。可他们听不懂我说话，混蛋，完毕。"

小个子把对讲机贴在耳朵上停了几秒钟，不过他的同伴好像已决定终止通话了。

"你是智利人？"我问。

小个子点头表示肯定，他还在等着他的同伴说话。

"你们要怎么修这个暖气？现在可是大冬天。"

"好像是中央管道堵塞了。问题是要知道堵在了哪儿。我们必须拆开每层楼的暖气片。真是一团糟！先生。"

"那你就从我这儿的开始拆起吧，我很快得出去。"

"没那么简单，还得等工程师来，修起来要花很长时间。"

"那我们怎么办？你们不能让我没有暖气呀。"

"您别担心。您可以把钥匙留给我们，不过您得签一份准许我们进入您房间的许可书。我这里有个表格。"

小个子递给我一份表格，我遵照德国式的严谨态度填写完毕并签了字，然后连同一把房间钥匙一起交给了他。

"好了，现在我要去通知其他的住户。您就别担心了，您回来的时候暖气肯定已经好了。"他离开之前说道。

"我也希望是那样，我可没有企鹅的本事。"

浴室也没有热水，我正打算将就着干修一下脸，又听见有人敲门。我打开门，还是那个小个子，他手里拿着我刚才签字的那张纸，咧着嘴笑："生日快乐！"

"什么？我不明白你的意思。"

"今天是您的生日。看，您刚才在这里填写了出生日期。想起来了吗？生日快乐！"

四十四岁，该死的小个子。一个回读数字①。坐在抽水马桶上，我觉得用不着再去想这事儿了。四十四岁。像我这样一个人，到了这个年纪所达到的唯一成就就是：已经到了这个年纪。生日快乐。我点着了那天的第一根烟，看见了窗台上的一堆书。那里有巴科·泰波、胡尔根·阿波兹和丹尼尔·恰瓦里亚的作品，我总是在如厕的时候读它们，从中体会些许的精神胜利。因为这些故事中像我这样的人都必定要失败，但他们非常清楚自己为什么会失败，仿佛是用来表现艺术中最前卫的美学：懂得失败的艺术。

屋里的寒冷逼我必须出门。锁门的时候，感到腰间一阵刺痛，我真怀疑是不是因为这意外的四十四岁生日。我向楼

---

① 指正读和反读相同的数字。

下走去。走到二楼时，遇上了邻居的一对夫妇，他们正提着采购回来的大包小包上楼。这是一对很特别的夫妇，他们总喜欢把一切都和土耳其扯上关系。那个男的总给物业写信，在信中把我所做的每一件事都说成是土耳其人的令人讨厌的习惯。如果我听探戈舞曲时音量开得很小，他会在信中状告我进行伊斯兰教礼拜仪式；如果我放萨尔萨唱片，他又会指责我是一个没有女人、品行可疑的土耳其人。我勉强向他们问了声下午好，并不指望他们能有什么回应。男的嘟哝着回答了一句，证明他还不聋，而女的对我的问候却没有丝毫回应，她正对着淘气地爬着楼梯的孩子们叫喊。我接着下楼，迎面看见了两个小孩质疑的目光。

"你们好吗，小不点？"

"我们不是小不点，你是个游手好闲的家伙。"一个孩子回答说。

"你怎么知道的？"

"因为爸爸妈妈叫我们不要学你，你是个睡到下午五点才起床的土耳其人。"另一个孩子接过话头说。

"给我唱首歌吧，今天是我的生日。"

"外国人是没有生日的。"先说话的孩子又说，但他没再说什么，因为从楼上传来他们的母亲"慈爱"的声音，威胁说再不快点就要挨打。

天黑了。大街上，二月的寒冷冻得行人都弓起了背，像是被迫在地上寻找什么无法找到的东西。我竖起大衣领子，把手插在衣兜里往前进。天黑了。这种昼短夜长的日子将会持续到三月底，不过这也没什么可抱怨的。等到夏天无休止的白天到来的时候，我又会强烈地渴望群猫结队活动的黑暗夜晚了。

跟平常所有的下午一样，一条由小便汇成的颇具规模的小河沿着地铁的阶梯向下流。我避开水坑，走到自动售票机旁。跟平常一样，五台机子中只有一台是好的。跟平常一样，在这些机子旁边总有一群快乐的醉汉，他们要做的就是在尽可能短的时间内解决掉一托盘的听装啤酒。我向售票机里塞入了所需的硬币。

"咦？什么时候猪也能坐地铁了？"一个醉汉吐出一句。

"滚到安纳托利亚① 去吧，穆斯塔法②。"另一个醉汉含糊

---

① 土耳其地名。
② 土耳其常见的人名。

不清地说。

尽管已经快是下午六点了，我依然觉得这一天开始得不错。没有暖气，挨了两个小孩的骂，然后又遇上了这些臭气熏天的家伙。住在汉堡的好处之一就是，经常会让你不时地有机会活动活动筋骨。纳粹分子就好像是一只会说话的练拳球，只要挨两下揍就会开始告饶。不过许多戴着和平主义者假面具而实质绝对是胆小鬼的文人企图让我相信，透过那帮醉鬼我看到的不应该是纳粹分子，而是一群对现行体制极其失望和处于社会边缘的人。这简直就是要我相信纳粹主义不是遗臭万年的垃圾。

"你还不滚，外国猪？"又一个问道。

是的，尽管已快到下午六点了，这一天还是开始得不错。"生日快乐。"我自言自语着，飞起左脚踢向那个放着啤酒罐的托盘。

那帮家伙骂骂咧咧地闪躲开了一段距离，而我继续踩着啤酒罐以示报复。我一遍遍地自言自语地说着"生日快乐"，完成了这个破坏性舞蹈之后向站台扬长走去，鞋上满是啤酒的泡沫。

地铁的车厢里挤满了沉默的人。其中一些人用一种不加掩饰的排斥目光打量着我。这些同行短短五站的人。或许我遇上的并不总是这些人，但他们看起来都一样。在工厂或办公室工作八小时之后，他们都已疲惫不堪，既没精力也没欲望走进一家温暖的咖啡馆，坐下来决定怎么去度过这来之不易的几小时悠闲、甜蜜的时光。他们都把自己封闭得很严实，总是喝着温热的啤酒，回到死气沉沉的家里，嚼着一块沉闷的面包，几片蔫黄瓜和干瘪的腊肠，穿着很不舒服但能保护粗麻地毯的平底拖鞋，再喝下一杯又一杯的啤酒，然后坐到音量开得很小的电视机前，以检验楼上的邻居是否也遵循这沉闷的规则。

一名乘客走到一张职业介绍所张贴的广告旁，看了看，从衣兜里掏出一支笔，在报纸边角的空白处记了些什么。我也走过去看了看，上面写的是学习劳动技能的好处："学习永远不会太晚。"

像我这样一个四十四岁的人还能学什么呢？

我有一份工作，应该好好保住它，因为找工作可不是件容易的事，除非是在码头搬运冷冻香蕉。我这样一个人能有什么鬼用？一个四十四岁的前游击队员能有什么鬼用？在汉堡的职业介绍所，如果我在劳动技能培训申请表的"您会做什么"一栏中填上"侦察及反侦察专家,实施破坏,伪造文件,制造炸弹,擅长追踪",谁会正眼瞧我呢?

我现在这份工作让我可以每天上午睡觉,起床后花上几小时坐在抽水马桶上或泡在浴缸里读一读侦探小说。到了下午,我就去格罗泽弗赖海特街①新开的一家叫"蕾西娜"的酒吧当一名不起眼的保安。

这项工作一点也不累人,不需要动什么复杂的脑筋。我要做的就是让那些被姑娘们的胸部迷得神魂颠倒的老色鬼放庄重些,阻止他们爬上舞台去亲手摸一下这样的尤物到底是聚硅酮做的隆胸还是货真价实的丰乳。我还得跟单间里那些爱讨价还价的人解释,说这些嗓音深沉的姑娘的价钱是不能打折扣的。要是碰上想不花一个子儿就拿走脱衣舞女内裤的贪婪家伙,我还会给他们一记耳光。在妓院当打手的工作并不坏,因此我选择对职业介绍所的建议不加理会。

出了地铁站,外面刺骨的冷,早早出来接客的几个妓女穿得像宇航员一样臃肿,占据了大卫街警察营房前的街道。

---

① 汉堡娱乐消遣的集中地,在那里林立着众多的迪厅、酒馆、赌场、剧院等。

我边搓着手边走到赛尔玛的小吃店。一推开门,满屋子的热气和烤肉串的香味迎面扑来,让我都有点想庆祝一下自己的生日了。胖得像个酒桶似的赛尔玛正在给一个姑娘包装着两份辣椒合子①。

"你好吗,老乡?"她招呼道。

"我饿了,老乡,饿得很。"

"还冷吧,你在发抖。来,喝杯茶吧。"

那姑娘接过包裹,付钱的时候问道:"你俩为什么说德语呢?你们不是老乡吗?"

"他是被迫当土耳其人的。"赛尔玛说。

"不,这是渗透作用。"我解释道。

"我不明白。"那姑娘说。

"知道什么叫渗透作用吗?是两种不同浓度的液体在同一个试管中被迫或自愿相融合的过程。有人出于恶意把土耳其人放入仇恨的试管中。不是土耳其人的我本该在另一个试管里,却被放入了这一个。"

"说得好,老乡。你应该去当老师。"赛尔玛说。

---

① 一种往辣椒里灌上肉或蔬菜的食物。

"对于我这样一个学生来说太复杂难懂了。不过你长得像土耳其人。"那姑娘说完，拿着她的辣椒合子走了。

香甜的热茶使我忘记了寒冷。又进来了两个小伙子，他们点了土耳其夹肉面包。我双手捧着茶杯，看着赛尔玛从金黄色烤羊肉上切下几小片，把它们塞到薄薄的土耳其面包里。她胖得像个酒桶，但动作却像舞蹈演员一样优美。说不定什么时候她还跳过令老爷们兴奋不已的肚皮舞呢。她深色的长发上扎了条白色头巾，双眼中透着孩子气的光芒，使人觉得她把做生意当作一种游戏。很多妓女都曾在赛尔玛的店里吃过东西。她们手头拮据的时候，女老板允许她们赊账。有的姑娘会还钱给她，有的却秽言相向。但是赛尔玛从没发过脾气，眼中始终闪烁着光芒。

"好了，老乡，你要吃点什么？"

"吃点好的，今天是我的生日。"

"阿利！"赛尔玛喊道，她的丈夫阿利从里屋走了出来，因为刚切了洋葱，眼睛被辣得通红。

很快我便坐到了一桌丰盛饭菜的面前，有炸茄子、辣椒合子、羊乳酪、甜瓜、烤羊肉和涂了蜂蜜的松饼。

"我真不知道怎么才能吃完所有这些东西。"我说。

"下酒吃呀。"赛尔玛说,"阿利,你还等什么?"

阿利打开一瓶葡萄牙红酒,问我满多少岁了。我一面狼吞虎咽地吃着,一面告诉了他。

"四十四岁,"他数着他的念珠开始念道,"四十四岁。我在你这个年纪的时候,觉得是该考虑回国了。用手头的积蓄,我们能在土耳其开一家饭店,但你是知道的,赛尔玛不肯离开这里。你现在也该考虑一下回国了,年轻人。时间过得可快了,人渐渐地就会滞留住的。"

"妈的,阿利,你也希望我离开德国吗?"

赛尔玛的笑声充满了整个屋子,然后他们一起给我唱生日快乐歌。

我走出小吃店的时候天开始下雨了。柏油路面反射着成人用品商店招牌的灯光。衣冠楚楚的先生们坐在奔驰跑车里,色迷迷地盯着雨伞底下女人们裸露着的肌肤。我刚庆祝完自己的生日,或者至少可以从口中的留香证实这一点。但是我的耳朵里也装进了一些东西,就是阿利的那番话。

回国。带着额头上的皱纹和岁月留下的白发回去。回到哪里去?在智利唯一等待着我的就是一次不可能完成的复仇。不,这不是唯一的。还有某个人,一个女人,或许她在等着我，又或许她根本没察觉到我的不存在，因为她整个人已是精神恍惚，不知自己身在何处了。很多次我自打耳光让自己面对现实。"行了，"我对自己说，"现在你在欧洲，在西方，在德国，在汉堡，在这样的一个纬度。"可是，这就像是打镜子里毫无自卫能力的影子，因为神经细胞总在反抗着提醒我，我正住在别人的国家里，有人委婉地称其为流亡。

如果一个人只看到功勋的一面而错误地插手能力范围之外的事，那么他注定会流亡。而如果一个人穿过隧道却发现其实两头都是一片漆黑，那么他会被困住，就像苍蝇被粘在浸了蜂蜜的带子上。光明是不存在的。那只不过是高烧时的一个幻觉。你的栖身之所表面上的光明其实在告诉你这是一个没有出口的地方。时间每过一年，并不会赋予你冷静、智慧和计谋来逃离这里，而只不过是在捆绑你的链条上又多加了一环而已。你可以离开，或是相信自己能够离开，能够朝任何方向前进，但是边界线也会跟着你的脚步在空间延伸。不，阿利。我不离开这里，除非出现奇迹，我们这些老游击队员已经没有时间也没有精力去完成新的使命了。照看那埋葬我们过去的坟墓已经够困难的了。在内心深处，阿利，我害怕的是有朝一日一文不名地死去。许多年来我一直在寻找着刻有我名字的子弹。那是一把钥匙，它能给我带来一场体面的死亡，临死之际依然坚信着某个信仰。但一切都结束了，信仰灰飞烟灭了，它不过是一个说来幼稚可笑的事。被剥夺了信仰的我一丝不挂，而这居然曾是我一生最大的希望：献身给所谓的革命事业，就像是收留伊斯兰圣战者的天堂，不过是伴着萨尔萨音乐。

我走进"蕾希娜"的时候表演已经开始了。舞台上一位姑娘带着一条羽毛做的围巾正在做挑逗性的动作。我在吧台前找了个位子，在我身旁，大吉姆正搅动半升牛奶、六只鸡蛋、一把胡椒粉和一杯甘蔗酒调成的饮料。他一口气干掉了饮料，喝完以后，习惯性地带着厌恶的表情嘟哝着："狗屎。"上台之前他在我背上拍了一下："人都坐满了。我看见有四个捣乱的人。"

"今晚真糟，黑大个。也许第二场会好一点。"

大吉姆肌肉发达，皮肤是深古铜色。他身着聚酯纤维的仿豹皮衣服，在舞台的一侧等着主持人介绍他上场。

"各位尊敬的来宾……呃，这只是一种客套说法，大家谁也不能得罪。各位不那么尊敬的来宾！这样行了吗？让我们欢迎来自新奥尔良的美洲脱衣舞秀巨人，色情舞男大吉姆！"

当大吉姆拖着一张小方凳来到舞台中央的时候，那四个捣乱的人就开始起哄。大吉姆等待着《查拉图斯特拉如是说》的第一乐章响起，他就要脱去衣服，赤身开始表演了。

那四个捣乱的家伙听口音像是巴伐利亚人。他们肯定不懂"色情舞男"是什么意思，听他们嘀嘀咕咕的，就知道他们是来看裸体女人而不是来看男人的，更别说是一个黑人了。但是当大吉姆坐到小方凳上，扭动着屁股开始表演的时候，全场一片安静，那是一种能令所有艺人都为之感激的安静。

"讨厌的夜晚，我还得挣钱付房租。"波兰姑娘塔蒂亚娜说。

"大冷天冻得人都不敢出来了。那边有四个捣乱的家伙。"我应着他的话。

"是五个。有个包间里还有个坐着轮椅的家伙。我刚才想去陪他，可他有条恶心兮兮的脏狗不让我过去。"

我朝包厢那边看了看，远远地看到了那个坐在轮椅上的人。他的桌上放着一桶香槟，那只狗可能在桌子下面。

舞台上，大吉姆闭着眼在投入地表演着。

"你能替我付一杯酒钱吗？我现在身无分文了。"塔蒂亚娜抱怨道。

"就一杯。你得去表演节目。看,黑大个快表演完了。"

"这个同性恋黑鬼。我真不知道他是怎么做到的。我跟他上过好几次床,可每次他都不行。你看到没有,当观众里有女人为了他争风吃醋的时候他那高兴劲儿!"

"你从来都没邀请过我上床啊。"

"是啊,可能是因为你就像是我的兄弟吧,兄妹之间是不能做那种事的。知道吗?你有点像个修士,别生气啊。谢谢你的酒钱。"

大吉姆波浪式的动作变成了疯狂的舞步。汗水在他脸上流淌。突然他站了起来,举起双臂,交叉着放到后颈上,然后完成了他的表演。

那四个捣乱的家伙迟迟没有鼓掌。等其中一个缓过神来喊着再来一次的时候,大吉姆已经开始拖着他的仿豹皮衣服往舞台下走了。轮到波兰姑娘塔蒂亚娜表演了。

"下面是来自华沙的塔蒂亚娜,波兰的脱衣舞女王。有心脏病的人请在她脱掉胸罩之前离开这里。"这是主持人准备好的台词,但实际上他一个字都没说,站在那里铁青着脸,看着门口。我看了一下,结果同样也高兴不起来。

那是五个长得像丑八怪似的光头小个子,身上的T恤上写着:"我们为自己是德国人而骄傲。"外面还套着件美国飞行员的紧袖夹克,脚上穿着伞兵靴。他们一边高喊着"德国,德国至高无上",一边喷着酒气冲了进来。他们的爱国激情和啤酒已经恰到好处地融合到了一起。他们吼完了祖国赞歌之后,其中的一个爬上一张桌子。

"从现在起,牲畜栏里也要执行德国的道德标准。第一条:禁止菲律宾人、波兰人和堕落的黑人出入公共场合,因为这有伤德国的体面。第二条:妓女不得跟外国猪睡觉。第三条:所有的艺人和服务人员,以及那些在包厢里提供口交服务的人,必须将其收入的一半上交给德国人民联盟。现在,献身于该联盟的代表们正来到你们的面前征收税款。"

爱国演说结束之后,他们要了一些啤酒,并且警告说如果他们的要求得不到满足,他们就会给点颜色瞧瞧。为了强调效果,他们先给了酒保一记耳光。这样一来就该轮到我跟这些小丑对话了。真见鬼,酒吧付我工资就是为了让我干这样的事情。

我尽可能心平气和地朝"第四帝国"的家伙们走过去,突然好像被一阶隐形台阶绊了一跤,我俯身扑倒,额头狠狠地撞向那个刚刚演说完的纳粹分子的臭脸。事实上我对这些小儿科的东西从来不感兴趣，不过我知道对付这种小不点儿动作一定要快。于是，我打掉他几颗牙的同时，又用膝盖猛撞他的下身，很快他们的嚎叫招来了警察。

警察到了。一阵警笛的鸣叫之后，警察们手持九毫米口径的沃尔特手枪走了进来。他们首先看到的是那个倒在地上的侏儒。从他光光的脑袋看得出他还在喘气，整个人蜷在那里，就像一块可以任人推来置去的折尺。

"是谁打的？"一个警察问。

"没有人打他们。他们是来闹事的，看他们把我的脸打成什么样了。"酒保说。

"胡说。我们只是进来喝啤酒，那个土耳其人就打我们了。"一个小个子叫道。

"你，土耳其人，给我看看你的证件。"领头的警察命令我。

"凭什么？"

"就凭我要你这么做，混蛋，这个理由你觉得不好吗？"

跟警察是不能争辩的，更别说当他们结队出现，还用枪指着你的时候。我慢吞吞地把手伸到衣服内侧的兜里，用两根手指头夹着拿出了护照。那个警察仔细看了看护照的蓝色封面。也许他对动物学知识的无知让他很难知道智利国徽上的那只鸟不是母鸡而是兀鹰,还有那只双脚立着的小动物不是猎兔狗而是安第斯鹿。

"为什么你有智利护照?"

"没有人能选择在哪里出生。"

"我是德国人,可是这些猪打了我。难道说我该感谢他们的耳光?"酒保说。

"我作证,他们无缘无故就动手打他了。"塔蒂亚娜证实道。

"你叫什么名字?"警察问。

"塔蒂亚娜·加诺斯基,波兰公民。"

"不怕着凉吗?"警察指指她穿的超短内裤问。

"我正要表演节目呢,这群畜生就闯了进来。"塔蒂亚娜说。

"她在骂我们,长官们可都听到了。我们还没坐好,那个外国佬就冲着我们来了。"另一个矮子叫道。

这个有着歌唱家嗓音的警察做了个手势让大家安静,他把我的护照递给了另一个级别稍低的警察。

"看看这个护照有没有问题,另外,给那个人叫辆救护车。"他指着躺在地上哼哼的小个子命令道。

"你怎么解释这件事呢？"他冲着我问。

"他们到这儿来在我们的酒吧里骂骂咧咧，还打了酒保。我想过去请他们离开的时候绊了一下，撞倒了这个人。对此我非常抱歉。那只是个意外。"

"好吧。他的嗓子里还卡了东西，因为他在打嗝。恐怕你得跟我们走一趟，按规矩办事。"

"为什么？他只是为了维护这家酒吧的声誉。"大吉姆说道。

"这个光着的家伙是谁？"警察问。

"大吉姆·斯勃拉西，色情舞男，美国人。"酒保回答。

"穿上衣服，否则我要以淫秽罪逮捕你。智利人跟我们回警察局。"警察强调道。

事情看来令人很不愉快。当需要上纲上线的时候，德国警察可是敏感得可怕。现在他们面前明摆着一桩扰乱治安的案子和一个送上门来的土耳其罪犯，只可惜这个土耳其人又不是土耳其人，甚至还有一个德国证人站在他那边。这是件难办的事情，那个警察好像在思考，要猜出他的意图并不用费多大劲：他肯定想让我和那几个小个子都在单人牢房待上几个小时。

"伸出你的手。"他边说边拿出手铐。

应该懂得服软。我服从了,可正在这个时候,坐在轮椅上的那个人发话了。他坐在包厢里并没有出来,听他说话带着部分瑞士口音。

"警官,请过来一下。我想我可以澄清这当中的误会。"

警察朝他走过去的时候,几个抬担架的人进来了。他们检查了一下那个小矮子,尽量不去碰被我的拳脚打伤的地方。

"掉了几颗牙,鼻腔隔膜可能断裂。其他的要看X光片了。"一个人小声说道,然后他们把他按蜷缩着的姿势放到担架上。

领头的警察从包厢回来了。我伸过手去,可是他并没有理我。

"护照。"他对刚才检查我资料的那个警察说。

"没什么问题。"对方报告说。

"我们走。你们,小伙子们,去别的地方玩吧。"他对其他侏儒说。

"那我呢,怎么说?我的申诉呢?他们打了我。"酒保还要坚持。

"你要是想告他们,就去警察局。晚安。"

他们走了。直到那时,"蕾希娜"的老板才敢走出他的办公室。这家伙真是个窝囊废。

"让你逃过去了。打是要打的,不过这次你可有点过头了。这样的丑事会坏了酒吧的声誉,吓走顾客的。"

"您的帮忙实在太不适时了,谢谢。"

"那你想要我怎么办?我不喜欢跟警察有什么纠缠。"

"不管怎样,谢您了。"

酒保用冰块敷脸。在老板转身走回他清静的办公室的时候,他做了个很不屑的表情。

"我给你弄杯酒?"

"加冰的杰克·丹尼,不过别用沾着你口水的冰块。还疼吗?"

"还有点。你干得好,照着鼻子给了那混蛋一拳,打得他后脑勺作响。可惜你没踢爆他的那玩意儿,我没看见他那儿流血。"

"人无完人嘛。"

"包厢里那个人招呼你过去一下。"

我走了过去。那几个巴伐利亚人在这场闹剧之后走了,因此他成了唯一留下来的老主顾。我看他大概六十岁，刚喝了香槟酒，正抽着一支大雪茄。我一走过去，那只狗就从桌子底下跳出来，冲我龇着牙。

"别动，卡纳亚①。喝一杯吗？"

"我不知道您刚才跟警察说了什么，不过我想我该谢谢您。"

"没什么的。我能用'你'来称呼吗？"

"顾客至上。"

"刚才的表现不错。"

"有时候运气好，有时候就不行了。"

"胡安·贝尔蒙特。知道吗？你有一个斗牛士的名字。"

"看来您知道我的名字。"

"我知道你的很多事，很多。"

在这样的地方像你这样一个残废的人能干什么呀？我差点就这么问这个老家伙。他坐在一张装有许多控制按钮的轮椅上，衣着讲究。那老家伙穿的可不是"西雅衣家"的减价品。他的双手很小，保养得很好。如果是在歌剧院，他肯定

---

① 狗的名字，意为"流氓、无赖、卑鄙无耻之徒"。

不太引人注意,但在像"蕾希娜"这样不起眼的小酒吧,他就显得有些格格不入了。我感觉得到他一直在盯着我看,还厚颜无耻地笑着。那只狗也在盯着我。

"您刚才叫我过来,有什么事吗?"

"我想跟你好好谈谈,私下地,你该知道。"

"十米之外您就可以找到一个同性恋酒吧,不过我可没那嗜好,很抱歉。"

"你以为我是同性恋吗?!上帝啊!我已经坐上轮椅了,现在还没人愿意理我。以前我也是很健壮的,看起来像部坦克。上帝啊!"

他突然发出一阵笑,又被一阵老烟鬼惯有的猛咳打断了。狗警觉了起来,发出威胁的呜呜声。

"安静点,卡纳亚,没事。贝尔蒙特,我们必须谈一谈。"

"那要看谈什么了。"

"你的过去,比如说。别让我失望。我知道你是个智利人,智利人都很健谈。我想这一点源于印第安人,以前马普切人①就是通过演讲比赛来推选首领的。"

---

① 即阿劳坎人,智利土著居民。

"瑞士人也很健谈。不过对于谈论我的过去或是你的过去，我都不感兴趣。"

"我的口音有那么重吗？好吧，那我们就谈谈工作的事。"

工作。已经不止一次有人凑到我跟前说："有一份简单的工作，毫不费劲，就是将一些包裹带到柏林，明白吗？一种特殊的白色粉末。"

"我有工作，也很喜欢我的工作。就谈到这里吧。晚安。"

"等一下。你只要挪一步，卡纳亚就会把你咬散架的。你来给我工作吧，贝尔蒙特。有关你的一切，能知道的我都知道，所有的事情。你不信吗？我给你举个例子吧：两星期前，你给维洛妮卡寄去了五百马克。"

他这句话击中了我的要害。我伸出手，恨不得把他连同轮椅一起搬起来，不过那只狗已随时准备跳上来咬住我的脖子。

"死瘸子，你是干什么的？"

"如果我们有可能谈谈的话，你就会知道了。别乱动，卡纳亚。你来给我工作，我可以保证你绝不会后悔。我给你留张名片，明天十点钟见。我们走吧，卡纳亚。"

我看着他挪开桌子，滚动轮椅到了门口。那只狗弓着背，不停地龇着牙，一直保护他离开。我拿起那张名片，上面印有一艘帆船以及三行字：

奥斯卡·克拉默
汉萨同盟劳合社
海外调查部

"贝尔蒙特，"那个瘸子又从门口冲我喊道，"我差点给忘了，祝你生日快乐！"

酒吧里已经没人了。我走回吧台，感觉到背后已被汗湿透了。那个家伙知道我最脆弱的一点。我得赶紧想一想。如果说有什么东西支撑着我直到此时的话，那就是我知道维洛妮卡还在她那忘却和沉默的国度里安然无恙。那个残废的家伙知道她，是因为我的名字、我的资料、我的过去、我的习惯还没有被那吃人的机器忘却。有人看了从圣地亚哥寄给我的信，从中知道了维洛妮卡的状况，或许还跟他的同伴在某个秘密的房间里讨论过些什么呢。那人肯定也看了我写的信，那些话，那些情意绵绵的字句。每个月，我都会寄信，希望她把信放在膝头时会突然问起我，那时生活也将会有新的意义。在某个秘密的房间，那个机构的雇员肯定会取笑我信中的话。他们一边喝着啤酒，一边收集起记录着我的一举一动的厚厚的一沓信件，对它们作一些肮脏的评论。

"老板叫你。"酒保对我说。

那家伙在写字台后的转椅上坐着，身后挂着一些酒吧艺人的照片。他开门见山地说："你干的那事儿我可不喜欢。"

"这您已经说过了。"

"我不是说那些闹事的小个子。我是指那位残废的先生，我刚才全看见了。"

"这是我的私事。"

"你的私事我一点也不感兴趣。那个人帮我们解决了跟警方的纠纷，可你刚才竟想对他动手。你的工作就到这里吧。威胁或是殴打一个跟警方有着良好关系的人是绝不可以的。"

"我被解雇了？"

"明天过来领你的工钱吧。"

糟糕的一天。我什么都没有了。回到吧台，我发现酒吧里的气氛又活跃了起来，因为来了一些日本游客。我看了看时间，快半夜了。还好，这该死的生日总算要过去了。

"给我来最后一杯杰克·丹尼吧。"我对酒保说。

"我全听见了,那个混蛋!有什么情况我会通知你的。"

"祝你好运,土耳其人。"大吉姆嘟囔了一句。

"谢了,小伙子们。"

外面雨下得很大。我竖起大衣领子,迈步向码头走去。该行动了,先下手为强,要赶在事情发生之前,可我不知道怎样也不知道从哪里开始。正当我贴着墙根往前走的时候,突然感觉到衣兜里沉甸甸的硬币。身上总带点钱是个好习惯,经常跟别人取得一下联系也是个好习惯。我走进了最近的一个电话亭。

拨两个零,你的愿望就会传到太空,那里有颗人造卫星在收集这些愿望。再拨两个数字,你的渴望会从太空传到太平洋最南的海岸,再一个数字将这些渴望带到圣地亚哥城,最后的五个数字把它们带至一座房子的大厅里。

"喂,安娜夫人吗?……对,是我。我很好,非常好。维洛妮卡呢?……还那样,哦,还跟以前一样……哦,麻烦您了,请您看一下她醒了没有。"

电话里传来一阵脚步声。在我的记忆里,似乎还留有门的吱嘎声,该给合页上点油,再把它们安紧一点。

"她醒了吗?麻烦您离话筒近一点。是维洛妮卡吗?"

我感觉到了她有节奏的呼吸，什么也没对她说。我能对她说什么呢？是我呀，亲爱的，我是胡安，我在跟你说话，虽然我知道你并不能听到我的声音，你还迷失在恐怖的迷宫里，谁的声音你都不会听见。为什么不走出这个迷宫，维洛妮卡？在失踪的两年里，你的身体经受了无数的拷打摧残，最终都挺了过来。可是现在你为什么不能像你的身体一样顽强呢？圣地亚哥的垃圾堆里赤裸着的你，维洛妮卡，我的爱人。

"胡安，没有用的，她听不见。"

"好吧，安娜夫人。我只是想知道她好不好。"

"还跟以前一样，不说话。她总盯着某样东西发呆。胡安……出什么事了吗？"

"您为什么这么问？"

"因为几小时前，您的一个朋友打过电话来询问维洛妮卡的健康状况。他说您也会打电话过来的，还让您别忘了明天的约会。胡安，他是您的朋友吗？"

"是的，一个好朋友，非常好的朋友。"

该行动了，去迎接这个挑战。那个瘸子想干什么？没别的选择了，我开始从电话本里查找他的号码，可是一无所获。

我正准备打去信息台询问的时候，突然感到一阵肠绞痛。

我很害怕。这没什么。害怕使我想到要行动。你还有用的，胡安·贝尔蒙特。你还有用的。走在凄冷的街道上，我反复对自己这样说。

从街上我就看见我房间里的灯还亮着。该不会是那个瘸子在上面等着我吧？这栋楼可没有电梯。我悄悄地上了楼，到了门前解下皮带以作防备。我打开门，双手紧握着皮带走到客厅里，惊奇地发现原来是上午那个戴蓝帽子的小矮个睡在那里。

"睡得舒服吗？"我招呼道。

矮个子跳了起来。

"他妈的！我睡着了。真对不起，先生。"

"你什么时候到这里的？"

"八点。因为我们没能修好暖气，我就给您拿来一个电取暖器。我坐着等了您一会儿，就睡着了。请原谅。"

我见他说罢拿起他的工具箱，很不情愿地往门口走。他不仅个子矮，还很胖，脖子比蛤蜊的还短。

"我并不想给您添麻烦，可是……"

"可是你必须带走这个取暖器，来拿走吧。"

"不,我不能让您没有暖气。我错过了最后一班地铁,家又住得远,离这里非常远。"

"行了,你留下来吧。我给你拿条毯子。"

"您庆祝生日了吗?"

"差不多吧。"

于是矮个子打开工具箱,拿出一瓶酒来,很高兴地给我看,就像在展示一件战利品。

"咱们喝光它?"他建议道。

"厨房有杯子。"我回答说,同时想起了一句俗话:孤独总是给人出最糟糕的主意。

四　柏林：一个游击队员的黎明

弗兰克·加林斯基打开家门，迎接他的只有孤独。打开客厅的灯，只见房间已经成了一个个空荡荡的方格子，这让他更加难受。没有了家具的房间显得特别大。他把所有的灯都打开，在整个屋里转了一圈。汉的房间里还留有一些摇滚歌星的宣传画，似乎在提醒他，就在几天前这里还是他儿子的卧室。正要关房门时，他看见了一块骨头形状的橡胶，这是他们的牧羊犬布利兹的玩具，没了它，布利兹该怎么办呢？埃尔嘉带走了他的一切：家具、儿子，甚至狗。他踩了那骨头一脚，向厨房走去。那里有埃尔嘉给他留下的一点东西：一张折叠床、一张餐桌和一把椅子。少得可怜的财产。他把这点家当放在厨房里，为了节省暖气，他就睡在这里。

他把椅子搬到窗前，从塑料兜里掏出一听啤酒，双脚跷到暖气片上仰坐着，看着外面的街道。很快，早班电车就要停靠到现在还空无一人的站台上。很快,天就要亮了。很快,冬天就要到了。很快,柏林无与伦比的春天就要来临了。很快……

事实上,在弗兰克·加林斯基的生活中,一切都发生得太过匆忙。

突然间,都用不着投敌,他就已经变成了联邦德国的公民,因为民主德国已在同样的突然间消失了。东部的德国人因为厌倦单调的生活而产生的愤怒突然消失,然后学会了过上这样一种四十年来他们听说的、感知的、向往的却只在柏林墙另一边存在的幸福生活。现在,他们想要拥有一切,甚至连曾被克制的胃口都急切地想得到满足。他们已不再满足于一个简单的巧克力或香子兰冰激凌。不,现在他们要尝尝异国风味:菠萝、芒果、番木瓜。他儿子还曾问过他有没有鳄梨冰激凌,这让他感到很意外。的确,突然间一切都变了,还将不停地改变。

弗兰克·加林斯基点上了一支金黄色的美洲雪茄,现在这样的雪茄随处都可以买到。这可是美洲货,而不是他四十年来一直抽的那种干稻草似的烂东西。少校找到了他,多幸运啊,因为,当事情以如此快的节奏变化的时候,最好的选择是站在决定变化方向的操纵者这一边。

当柏林墙倒塌（无产阶级政权悄然消亡的第一个篇章）的时候，加林斯基先是感到有些不安，很快他发现那是一种恐惧，但是跟他在安哥拉、古巴、莫桑比克或尼加拉瓜执行"国际主义使命"时的那种恐惧又不一样。作为德国人民军的军官，更作为情报官员，他属于享受国家优厚待遇的骨干分子。那时他最大的担心就是不知道什么时候、什么人又会怎样来为这些优厚待遇向他算账。

一夜之间，旧的机构都消失了。民主德国的军队解散了，他们的制服和奖章在跳蚤市场被换成了联邦德国坚挺的马克。民主德国的军官们被停了职，还要接受调查。

被停职就等于被怀疑，等于得了一种必须被隔离的传染病。它的初期症状就是，你与老朋友、同事或曾与自己结伴去国外执行任务的狗娘养的家伙们打招呼，却无人理睬。

埃尔嘉也被传染上了，她失去了造型艺术教师的工作，原因是："您是知道的，弗兰克·加林斯基，也就是您的丈夫，他们正在调查他的活动。当然，如果您决定跟事务局，对不起，是事务重组局合作，并告诉我们一些您丈夫可能已经忘记的事情的话……"

没多久，这病侵袭到了他的房子，来了一个带着讼棍和警察的家伙。

"什么所有权？这房子是我的，我有文件可以证明。这是国家卖给我的。"

"别胡说了，加林斯基先生，这栋楼建得就不合法，因为它所在的这块地属于我们所代表的法人。您可以看看这些证明文件的复印件，这些可是自魏玛共和国时期就有的。时间就是金钱，加林斯基先生，要么您签一份租约，要么我们就要开始通过法律程序来让你们搬走了。"

失业救济金勉强够交房租，因此埃尔嘉只好到一家时装店当售货员，而加林斯基每次来到求职中心门口都会攥紧拳头。

"姓名：弗兰克·加林斯基。年龄：四十四。职业：军人。您的特长或专业：潜水艇教官及军事技术教员。掌握语言：西班牙语、葡萄牙语、俄语和英语。有意思。啊，可是您现在正在接受调查。等把您的情况弄清楚之后，我们会再通知您的。"

一个四十四岁的民主德国前情报官员现在有什么鬼用呢？半年来加林斯基一直在问自己这个问题，就站在厨房窗前，喝着那个牌子的啤酒，目光迷失在玻璃窗外的有轨电车站台。

有一天下午，就在那扇窗前，他看到一辆停在他家门前的宝马。里面走出一个很体面的家伙，一头花白的头发有意弄乱了几根。他动作灵活地从车后绕过去打开了另一侧的车门。埃尔嘉从那扇门里走了出来，她笑着，跟那个家伙说着什么，加林斯基无法听见。那家伙一直不停地抚摸着她的胳膊，临别时还在她的一只手上吻了一下。

"你的司机叫什么名字？我不知道那家时装店还负责接送员工。"埃尔嘉挂外套的时候，加林斯基对她说。

"他是老板，是个很有礼貌的人。"

"太有礼貌了吧？都开始动手动脚了。"

"你别那么粗俗。"

"你别像婊子一样。首夜权早已经跟封建制度一起没了，难道你忘记了现在是什么时候？"

这时埃尔嘉瞪大她的蓝眼睛，冷冷地看了他一眼，慢慢地说出了下面的话，仿佛她已经在漫长的不眠之夜反复温习过一样："没有，我没有忘记。而且，我终于弄懂了它。我怕是你还没有明白过来，我出去工作，去挣钱来交这他妈的房租什么的。而你呢？你唯一做的就是整天喝啤酒和抱怨来抱怨去。那个送我回来的人是我的老板，他对我未来的发展有很好的安排。他要开一家分店，已经提出要让我去经营。你明白吗？那是我的前途，也是汉的，鬼知道是不是也是你的。"

加林斯基抬手给了妻子一巴掌，她晃了一下，紧紧抓住一把椅子的靠背和椅子一起倒在了地上。他的第一反应就是扶她起来，但是埃尔嘉拒绝了。

她爬起来，整了整衣服，跑进卧室锁上了门。

加林斯基想进去，可房间的门被上了保险。

"埃尔嘉，对不起。我不想伤害你的，埃尔嘉。"

过了两分钟，妻子打开了房门，手里提着一个小旅行包。

"这是什么意思？你要到哪儿去？"

"不关你的事，让我走。"

"埃尔嘉，我已经知道错了，你就别记恨了。"

"我并不记恨，弗兰克，我甚至很感激你呢。你帮我下了这个我一直下不了的决心。我要离开你，而且我要带走孩子。我已经考虑很久了，之前没这么做，也许是因为脑子里还想着要对你忠诚，要跟你患难与共。但我也知道，不管怎样必须赢。在这个新的德国，失败者是无法生存的。这是真理，唯一的真理。"

"你敢走一步，只要走一步，我就拆散你的骨头。"

"你敢碰我一根头发，我就揭发你跟恐怖组织的联系。你以为我傻吗？以为我不知道他们在调查你的过去吗？你忘了你曾去过非洲和中美洲了吗？让我走吧，弗兰克，这对你我都是最好的。"

"你快滚吧，不然我杀了你。"

埃尔嘉走了。一星期以后，她在一个律师的陪同下回来拿走了她和孩子的东西，还带走了他们的狗。之后的五个月他都没有见过她，直到法官传他们去完成离婚手续。

对于一支没参加任何战斗就被摧毁的军队而言，它的前情报官员现在有什么鬼用呢？已经两个小时了，加林斯基坐在儿子学校门口的一家银行里，一直在问自己这个问题。这时有个人坐到了他旁边。

"干吗绷着脸，加林斯基？在这个统一的德国，没人有理由不开心。"少校跟他打招呼道。

加林斯基和少校一直都不太熟，不过他们在二十世纪七十年代末就认识了。那时候少校办了一所地下军事学院，向一些来自非洲和拉美洲的革命者提供颠覆活动、情报工作和后勤保障等培训，这些人将来都要成为他们各自国家武装的中坚力量。加林斯基那时是拉美学员的教官。

"真意外啊！您好吗，少校？"

"我很好。你也还好吧？"

加林斯基仔细地打量了他。他应该将近六十岁了，但脱去了那身灰乎乎、土里土气的军装后他看起来要更年轻些。他穿着一套做工考究的黑色衣服，手上戴着柔软的小羊皮手套，身上散发出某种名牌爽肤水的淡淡香气，看来他一定是个有头有脸的人物。

"我现在很糟糕，少校，非常糟糕。"

"我听说了一些，但现在我想听听你的想法。"

"这只老狐狸，"加林斯基心想，"这次遇见根本不是什么巧合，他又在耍他的老把戏。有一群最优秀的战士，他们个个都是最棒的，是楷模，有能力完成前线作战的任何一项任务。但是现在最难抉择的时刻到了，需要派一个人深入敌后，英雄们便都无用武之地了。得去挑那种比较粗心大意的、在队伍中并不突出的人。这种人为了让自己的剑也沾上点血，会等到战斗结束之后在死马身上刺上几下。跟我说说你的不幸吧,长官会对他这么说,现在我们抛开军衔等级,平等地谈一谈。于是那个人就信口说开了,展示出他一些软弱的方面,长官假装在倾听而实际上都一一记下了。这是一项情报测试,只是被考的人自己没意识到。最后,所有表现出的谨慎全都变成了罪过,并且被大度地宽恕。结果是他们得到了将功补过的机会,通过忏悔以恢复名誉,穿越敌人的防线以赎过。最好是选择并无能力作出英勇业绩的人,或是到社会上最容易受到战争气氛感染的人来当志愿者。你这个无耻的家伙,冯·克劳塞维兹①。"

"我完了,被停职审查,没了工作,离了婚,两个星期以后还必须搬出现在住的房子。我现在累极了,少校,累极了。"

"这些我都知道。不过现在你的境况有望改变了,弗兰克·加林斯基,我拉美部的老战友。你准备好去完成一项任务吗?"

"什么任务都可以,只要让我摆脱目前这种糟糕的状况。"

"你都不问点什么吗?"

---

① 德国著名军事理论家。

"一个战士并不需要知道比他的任务和目标更多的东西。"

"你的境况已经开始改变了,加林斯基。明天你跟我一起出席一个商务晚餐,八点整我会到亚历山大广场接你,就在那些显示世界各地时间的时钟旁。"

弗兰克·加林斯基摸摸他儿子的头发算是打招呼。他接过孩子的书包,让孩子骑到他肩上。他们就这样走过了从学校到埃尔嘉住所的五个街区。他把孩子放在家门口,抱了抱他。

"汉,还记得我答应过你咱们要去西班牙度假吗?现在我们就要去了,很快的。"

"真的?西班牙有夏令营吗?那布利兹呢?我们能把它带去吗?"

"当然有啊,小狗也会跟我们一起去。"

放下汉以后,他开始满大街地乱走。他很兴奋,觉得生活重新开始了。突然他从一个玻璃橱窗中看到了自己。

"你的样子很恶心,真的很恶心。想要做回原来的你,就该从现在开始啦。"他咕哝着,开始一路小跑,一直跑到万德湖岸边。

他绕着湖一圈又一圈地跑,直到柏林的夜幕降临,直到湖边的最后一盏灯也熄灭了,直到全身的肌肉开始抗议,直到他知道自己还能控制它们来战胜自己的身体,直到他看了看表,已经是凌晨四点了。

他停下来的时候浑身是汗,他已经将失败的耻辱通过所有毛孔从身上统统赶走了。

五　汉堡：易北河畔的散步

我在一阵麻木中惊醒了。我摸索着发麻的右腿睁开了眼睛，发现自己竟睡在沙发上。身旁的茶几上放着一个热水瓶、几个新鲜的小面包和一罐果酱。

"早上好，先生！"那个小个子说。他没戴帽子，头发湿着，看起来显得更矮胖。看样子他刚冲完澡。

"现在几点了？"

"七点半，先生。您昨晚好像喝醉了，一下就倒在了沙发上，我就没打扰您。给您来杯咖啡吗？这里有新鲜的小面包。"

"昨晚你睡哪里了？"

"睡您床上了，先生，但是没有掀掉床罩。您别以为我弄脏了您的床单，我可不想给您添麻烦。现在我得走了，因为工程师就要到了。今天我们一定给您修好暖气。再见！"

他又戴上那顶蓝帽子，抓起工具箱，朝门口走去。

"等一下。你总该有个名字的，对吧？"

"佩德罗·德·瓦尔蒂维亚。呃，实际上我就叫佩德罗·瓦尔蒂维亚，是我自己加了个'德'，这样听起来更优雅一点，是吗？先生。"

"好极了。听着，佩德罗·德·瓦尔蒂维亚，我想请你帮个忙。"

"您可别这么说。"

"待会儿你在这儿的时候可能会有人打电话来找我，如果有人问起我，你就跟他们说我出去旅行了，昨天走的，你也不知道我什么时候会回来。如果他们上门来问，你也一样这么说。明白了吗？"

"您惹上绯闻了吗？先生。"

"比这还糟。你能帮我这个忙吗？"

"您昨天出去的，谁知道您哪天会回来。"

"对了。谢谢你，老弟。"

趁着冲澡的时候，我对目前的情势作了全面的分析。第一，那个瘸子不是警方的人，坐在轮椅上的警察只有在电影里才会看到。第二，他跟警方保持着良好的关系，也就是说，他是"上面"的人，虽然他只能在轮椅上活动。第三，除了警方以外，他还跟联邦德国政治警察的宪法执行监督机关有联系。只有从他们那里他才能了解到有关我的情况，他知道维洛妮卡的事就证明了这一点。其实我知道，有人还一直记着有我这样一个流亡者，但是我没想到自己对他们会这么重要，他们竟要监控我的汇款和信件。我现在是一个所谓的"透明人"。第四，那个残废不是政治警察，因为他约我到一家保险公司见面，就算那间办公室也是警察的地方，那又有什么必要让我这样一个人知道呢？而且，如果政治警察想要我干什么，比如说做他们的线人，他们不会到公开的场合去找我的。所以我的结论是毫无头绪。那个混蛋残废到底想要我给他做什么？

走到街上我才发觉自己已经很久没见过早晨的阳光了。离九点还差几分钟。我从兜里掏出那瘸子留给我的名片，发现上面根本没写地址。真可恶。那个老家伙已经向我抛出了唯一能让我上钩的诱饵——维洛妮卡，但他又没给我留下见面的地址。这是什么把戏呢？我从电话簿上查到了汉萨同盟劳合社的地址，就在码头边，并不远，我决定步行过去。

我边走边打量着这个陌生的城市。天气很冷。光秃秃的树干上长满了绿色的苔藓，是那种发亮的深绿色，就跟汉堡建筑物的典型铜屋顶的绿色一样。我很喜欢这个城市，在这里我觉得仿佛重逢了一个曾经帮助、保护过我们，时常让我们开心的人，一想到或许必须离开我就感到心痛。

这样的心痛并不是第一次了。我想起在上次失败以后我是多么喜欢住在卡塔赫纳①。那时我在一家报社做校样，这份工作让我能好好享受加勒比地区无与伦比的黄昏时分，直到那个下午两个人拿枪指着我的肚子拦住了我的去路。

我想这回完了。我以为他们是杀手队的成员，有人出于某些原因向他们告发了我。

"别紧张，老兄，没事的。"其中一个人说。

"有人请你去喝一杯。考虑到你还不认识他，我们来带你。别耍花样，伙计。"另一个说道。

两人把我带到一家位于卡塔赫纳市中心的饭店。在那里，一个他们称作"律师"的人跟我打招呼，递给我一杯芝华士，被我拒绝了。

"您不喜欢威士忌吗？"律师问。

---

① 哥伦比亚地名。

"喜欢，不过我只喝杰克·丹尼，加冰的。"

律师转头对他的随从们说："一个桑地诺民族解放阵线的少校喝美国佬的威士忌，你们觉得怎么样？"

"芝华士是男人的酒。"有个人说。

"我们哥伦比亚人可都是男子汉，智利佬，在你们那个鸟国家怎么样呢？"另一个问。

"在那里我们一半是男人一半是女人。一半对一半没什么不好的。"

打手们一阵躁动，嚷嚷着："你这个狗娘养的。"但律师让大家住口："我喜欢您这样有胆量的人，我们就别耍嘴皮子了。听着，贝尔蒙特，胡安·贝尔蒙特，多巧啊，您的名字跟海明威笔下的那个斗牛士一样。听着，'上面的人'要您为他工作。知道麦德林吧？那是个美丽的城市，流淌着金河，但应该有一点秩序。'上面的人'认为一个有着您这样的经历的人身手比较利落。您知道我的意思。"

"我可以考虑一下吗？"

"'上面'说您已经考虑过了。"

"对，我都给忘了。我什么时候出发去见'上面'？"

"明天。这些小伙子将会一直陪您到那个时候。'上面'

可不希望我们把您弄丢了。"

地下活动的五条神圣规则为从事它的人提供了不少方便：他必须知道哪些酒吧有带窗户的厕所；必须有一个可以保存文件和少量财产的信箱；手头一定随时有一张国内航空公司的机票，可以飞往最重要的城市；还必须有个清晰明了的名字，以便被准确无误地登记到旅客名单上；此外，还要有个妓女当情人，对她必须慷慨大方却绝不能以任何可耻的要求作为交换。

那个妓女帮了我大忙。在她的协助下，我搭上了一艘开往加勒比海的货船，离开了卡塔赫纳。律师的人在波哥大机场等我的时候，我正远离达连湾，作别卡塔赫纳，也作别我那不受任何骚扰、在海边安静生活的梦想，就像希尔·德·彼埃德马[1]的诗中所写："就像我思想灰烬里的一个破产的贵族"。

离开加勒比当然让我痛心。但是，如果不这么做，我会被迫成为毒贩的刺客，或者被哥伦比亚军方俘获，面对其他外国激进主义分子的尸体，我沦为他们手中的一张王牌。还好命运总会给我们第三种可能：逃走。

---

[1] 希尔·德·彼埃德马（1829—1900），西班牙诗人。

真见鬼，也许是时候该离开汉堡了。我有一张到哥斯达黎加的通行证，还有两千美金的现金存在邮局的保险柜里。我可以去任何一个地方，但问题是维洛妮卡，她孤身一人在圣地亚哥，甚至都无法照顾自己。

"我答应去那里，奥斯卡·克拉默。我现在受制于你，也许你知道我生活的每一个细节，但有一点你忽略了：我会认输，这年头这一招可是大有效用的。"我心想着，迈步向汉萨同盟劳合社的大楼走去。

武元甲①将军说过："在一场战斗之前有这样的基本准则：当一名战士知道他将要面对的敌人从武器装备上强于自己时，他必须只用一击，强有力的、坚决果断的一击，然后马上撤退。他必须带着对双方力量对比作的准确分析，自信、平静而又放松地走上战场。要记住，大自然会帮助一名战士获得必需的冷静。"

这个老匹夫！不过眼下我还是决定遵从他的意见。走了没几步，突然下起一阵暴雨。于是我跑起来，也顺便放松一下，但同时想着要是有把雨伞该多好。我应该买一把日本雨

---

① 武元甲（1991—1998），越南人民军创建人之一。

伞,最新式的那种,上面装着感应器。当它察觉到伞主人离它超过一米的时候,就会开始用机器人的声音叫道:"别把我丢下。"会有这样奇异的东西吗?日本人真是聪明极了,居然花心思去发明一种这么必要的器具。不会丢失的雨伞,带有警报器的雨伞,在别人的手里就无法打开的雨伞。

简直开玩笑。我还想到了其他一些东西,但汉堡的空气中始终弥漫着一种我非常熟悉的气味:一股浓重的出逃的气味。

汉萨同盟劳合社门口的铜牌子上写着:全球最大的保险公司。接待员漫不经心地瞥了我一眼,就像看路边的垃圾一样。

"早上好,奥斯卡·克拉默先生约了我。"我说。

"您说德语吗?"

"奥斯卡·克拉默先生约了我,十点钟。"

"我问您说不说德语。"

"我觉得我们在说的并不是什么非洲话吧。"

"您的证件。"

"克拉默十点钟等我。"

"证件。"

我给了他我的智利护照,他极其厌恶地看了看,知道了我的名字之后他马上从一张名单中找了找。

"您和克拉默先生约了十点钟见面。"

"是这样吗?真是个惊喜啊。"

"这样很有趣吗?"他盯着我说道。

我接受了他的挑衅,也开始盯着他,看他眼中映照出的大街上闪烁的光亮。这么说,克拉默就在这栋楼的某间办公室里。他留给我没有地址的名片,就知道我肯定会找来的。那家伙移开了视线,假装查看桌上的东西。真没劲。一个被打败的蠢货,穿着卑微的蓝色制服、无足轻重的家伙。他想要的是一套佩着绶带的制服,以显示他有权决定谁可以进劳合社的大门而谁又会被拒之门外。他开始翻着我的护照记录我的资料,脸上的表情由厌烦变成了惊愕。

资料上的介绍让他很是头疼。这样一本叫人没法看懂的小册子怎么能叫做护照?上面没有展翅的雄鹰而是两只小动物,看上去像是一只公鸡和一只立着的老鼠。确实,介绍让他很头疼。可能他会想,一个没有土耳其护照的外国人怎么能满世界乱跑?

"您到那边等吧,十点差五分的时候我会叫您,并给您一张来访卡。"他指着门厅的一角对我大声说道。

我舒坦地坐到一张皮椅上,点了根烟。瞥了一眼茶几和上面通常都会摆放的塑料花束后,我将目光移回了接待员那儿。

"我让您在那儿等着。"

"放心吧,弗里茨。有烟灰缸吗?"

"这里不准吸烟,我也不叫弗里茨!"

"那我们可就有三个问题了:一、您的名字不叫弗里茨,这可是个令人肃然起敬的名字;二、我得到外面去抽烟;三、十点差五分的时候您就得到外面去叫我。"

站在大楼门口抽着烟,我发觉自己出奇的平静。克拉默无疑是个很有权势的人,但他爱是谁是谁,爱干吗干吗,我已经不再怕他了。人有时候总要遭遇一些无法摆脱的困境。克拉默知道维洛妮卡。我担心她的安危,可此刻却平静得犹如照片中的人物。突然间我觉得自己像瑞·兰德纳①的《冠军》中的一个拳击手,他必须赢得那场比赛,不是为他自己,而是为一些无助的人,他们的命运全掌握在他的手中。

---

① 瑞·兰德纳(1885—1933),著名的美国垒球评论员和作家。

接待员敲着玻璃门叫我，于是我踩灭了烟头。

"克拉默先生在等您，五〇五号房。请将来访证戴在显眼的地方。"他边说边给了我一个长方形的塑料卡片，我把它塞到了口袋里。

等电梯的时候我又掏出一根烟。

"我跟您说过了这里不准吸烟。"接待员在那边喊道。

"我没抽啊。"

"把来访证戴上。"

"我这件外套是英国法兰绒的，我可不想戴什么东西在上面，否则英国女王会怎么说？"

"这是规定，必须执行。"

"我同意你的看法，弗里茨。"我边说边走进了电梯。

克拉默的办公室宽大而冷清。一面墙上挂着块软木记事板，上面用图钉钉着一些纸。办公桌上除了一部转盘电话别无他物。氖光灯的光线使屋子显得很冷。他示意我坐到仅有的一张椅子上。

"贝尔蒙特，胡安·贝尔蒙特，为什么取这么个名字？据我所知，智利人并不爱斗牛。"

"我也不爱。您就是想跟我说这个吗？"

"当然不止这些。为了让气氛轻松一点,首先我要声明我会开诚布公,尽我所能地坦诚一切。你已经知道了,我的名字叫奥斯卡·克拉默,瑞士人。根据我的工作合同,我现任汉萨同盟劳合社海外调查部部长。我以前在苏黎世当警察,直到有个军火商让人往我的脊柱里塞进了一个铅块。"

"多么悲惨的故事,可这跟我有什么关系呢?"

"你会知道的。不是我不说,只是时机未到。我们瑞士人一向以慢条斯理著称,不过我会尽量让自己不那么过于典型。胡安·贝尔蒙特,著名斗牛士的名字。我跟德国官方的关系总是很有用处。知道吗,《极度危险分子档案》里有你的全部记录。他们给了我一份你履历的复印件。有意思,贝尔蒙特,你的经历真是非常有意思:进攻特奥蓬特时玻利维亚国家解放军的游击队员;智利的城市游击队员;参加过好几次银行抢劫,或者用军队的行话说是'征用';还有,在早期反皮诺切特独裁政权中实施过几次恐怖袭击。此外还有一些有趣的细节,你曾服役于智利军队的敢死队,两次逗留于古巴,到过安哥拉和莫桑比克,当过尼加拉瓜的游击队员,参加过西蒙·波利瓦尔的国际纵队。再后来你是桑地诺民族解放阵线的指挥官。对于一个妓院的闹事者来说这样的经历真是太有意思了，加上还有个斗牛士的名字。我继续说吗？"

"继续啊，先生。现在告诉我，对维洛妮卡您都知道些什么？"

"对她我几乎一无所知。搬出她来只是我的一个手腕而已，我承认是卑鄙了一点。我想我该为此道歉。"

"您说过要开诚布公的。您对维洛妮卡到底知道多少，全说出来吧。"

"好吧，既然你这么要求的话。她的情况很简短：到一九七三年为止，她是社会主义青年党的党员。一九七七年十月被圣地亚哥国家情报局的人逮捕。一九七八年一月被认定为失踪，但一九七九年七月一些流浪汉在智利首都南部的一个垃圾堆里发现了她。人权维护委员会的医疗报告证明她曾受尽各种刑罚。从重新出现的那天起她就成了废人。其他的医疗诊断说这是一种精神分裂症，就是我们更常说的孤独症。根据对你现在的住址和电话进行的监视，最终表明这是你跟智利保持的唯一联系。这里有你写给她的所有信件的复印件。这些就是我所知道的全部了。"

"那帮收集我信件的狗娘养的家伙，是那些杂种警察还是其他的什么混蛋？"

"对他们我也要遵守游戏规则,这个我不能说,不过……"

"继续说吧,到现在为止您还没说出想要我干什么呢。"

"不过我可以毁掉那两项纪录,我可以保证不再有复印件。"

"您在吹牛。您知道他们是动不了维洛妮卡的,智利的独裁早就结束了,而且就算它还当权,维洛妮卡也从来没有做什么对抗当局的事情。"

"我们是不能直接动她。不过,我要是让他们把你驱逐出德国,那会怎样呢?她得依靠你,靠你寄给她的钱。我让人跟踪过你,贝尔蒙特。你生活得很节俭,连抽的烟都是自己卷的。我知道维洛妮卡只有一个照看她的大婶陪着她,名字好像叫安娜吧。对于一个从一九七三以来就再也没见过的女人,你的忠诚真是可敬啊。大概是你在智利做地下工作时跟她有过一些接触吧?真叫人佩服。"

"您说的我都听累了,克拉默。爽快点,说您到底想要我干什么吧。"

"时机还未到。我们出去散散步吧。你帮我推轮椅,好让我省点电池,我会边走边跟你讲一些你感兴趣的事。"

我们出了大楼。我陪着克拉默,身后跟着那只因为要出去散步而兴奋得直跳的狗，门口的接待员笑逐颜开。我们开始沿着易北河岸走，我心想，只需轻轻一推，我就能让他消失在混着垃圾的河水里了。

我们一直走到布兰克斯花园。克拉默一边看着港口的船只进进出出，一边说着财宝，说着艺术珍品，说着二战之前、期间以及之后丢失的价值无边的物品。我边听他说边跟脑子里想要推他下水的念头作斗争。那只狗好像感应到了我的这个念头，因为它每走一步都要冲我呲一下牙。

"在这段历史中最大的受害人并不是丢失了财宝的主人，而是保险公司。战争的最后一枪打完之后，一九四五年就开始了冷战，尽管历史学家们坚持说这应该始于柏林墙的竖起。一九四五年是欧洲的地图分成红白二色的一年，这对保险公司来说是个断头台，寻找已丢失财宝的道路上许多可能的线索都被斩断了。但是所有保险公司都知道，早晚会有那么一天，这条线索会恢复它的逻辑连贯性，各个环节会再次聚集，并终将直指终点。"

"简直是天方夜谭，我他妈一句也听不懂。"

"是有点复杂了，我简单点说吧，四十多年来，柏林墙两边都保存着一些小故事。人们都确信墙另一边的人在耐心地等待着适当的时机将这些故事合并起来。随着民主德国的解体，这个时刻到来了。于是一条条线索浮出了水面，只不过是以一种令人头晕目眩的方式，并且错综复杂地交织在一起。"

"我都听烦了，克拉默。您说过会开诚布公的，可现在净跟我说一些挠头的东西。您说的他妈的什么线索出不出现跟我有什么关系？还有，让这只该死的狗别在我腿上蹭来蹭去了，您从来不给它洗澡的吗？"

"卡纳亚的卫生是它的个人问题。推我去那家咖啡馆吧，我还没吃早饭呢。"

那是家名为"易北河望楼"的咖啡馆，在这个时候还没有其他客人。我们找了张临窗的桌子。窗外船只还在继续地往来，能看到船上很多船员在甲板上忙碌着。我真羡慕他们，很快他们将到达库尔斯港①，到了那儿就可以自由地航行在广阔的大海上了。克拉默点了咖啡和炒鸡蛋，为那只狗要了一大块香肠。

"吃啊，贝尔蒙特，边吃边听我讲一个故事，听完之后你就会明白我为什么要找你了。听着，当柏林墙的倒塌只是时

---

① 德国地名。

间问题的时候，所有的民主德国人都开始提前庆祝，他们列队高喊着：'我们属于同一个民族。'他们准备好了吸管来品尝可口可乐的滋味。所有人当中只有一个我们称之为奥多的小老头例外。是不是全南美都知道有关唐·奥多的笑话？那好，我们的这位唐·奥多是希特勒党卫军的前成员，后来成了民主德国事业的英雄。他躲开那些庆祝，像根柱子一样立在大名鼎鼎的查理边检站①前。他日夜企盼，比从前的任何时候都更像一个坚定不移的哨兵。他颤颤巍巍，忍着内急，一直等到民主德国的人民警察把自己的制服和勋章卖给记者这一历史性时刻的到来。民主德国解体了，两边的柏林人立刻跑过去相互拥抱，甚至用手去推倒那堵墙。这时候我们的唐·奥多跑向了墙西边最近的一间电话亭，拨了查号台的号码，询问汉堡的汉萨同盟劳合社的电话号码，打电话过来请求跟这边的老总通话。我猜当他听到'明天再打来吧'的回答时准有种失败的感觉，但是一个为了自己的计划已经等待四十多年的人不能再浪费时间了。唐·奥多坚持要立刻与老总通话，他说：'请到他家或是别的他可能去的地方找一下，

---

① 冷战时期设立在柏林的边境检查站。

只要跟他说"美术馆""不来梅""一九四五年"就可以了,他会明白的。我一小时之后再打过来。'

"他的这些话很有魔力,贝尔蒙特。晚上十一点,身着睡衣的劳合社老总现身了。不到两个小时,我们的唐·奥多就坐上一辆豪华轿车舒舒服服地从柏林到了汉堡。次日早晨六点,他受到了老总和一批历史学家、艺术鉴赏家的隆重迎接。劳合社的好几个成员那天晚上都彻夜未眠。现在言归正传,贝尔蒙特。唐·奥多接过一杯咖啡,说:'你们在寻找不来梅的美术馆丢失的艺术收藏品。我知道它们在哪里,我们先来谈谈报酬吧。'你可能不知道,这是一批价值约六千万美元的绘画收藏。'据我们调查,这批画作可能在莫斯科。'一位历史学家说。唐·奥多依旧面不改色:'可能是的,但那只是一部分。'接着他描述了他参与那批画的转移的过程。谈妥了报酬的问题之后,他的话就更多了。那批收藏品中很重要的一部分在巴拉圭的亚松森,由他以前在党卫军的一个战友看管着。这个人的身份和下落在以色列可相当值钱。为了增强自己的话的可信度,唐·奥多给大家看了一些照片,尽管那些照片的效果很差,但还是足以让在场的专家们激动得有些发抖。

"于是唐·奥多都开始憧憬往后的美好生活了。他在劳合社行政官员和艺术鉴赏家的陪同下飞越了大西洋。坐在飞机上的时候他可能还在琢磨着那笔酬金该怎么个花法，还是有耐心好啊！但飞机在亚松森一着陆，他的美梦就坠入了地狱。巴拉圭的报纸登出了一条新闻，讲的是住在亚松森的德国移民中一位有身份的公民不幸去世。表面上看，好像是他在卫生间的浴缸里遭遇了意外，接通了电源的电吹风掉进了水里，把他送去了另一个世界。这是一场阴谋，你明白吗？"

"我在詹姆士·邦德的电影里倒是看到过类似的镜头，那里面是个电风扇。那些画怎么样了呢？"

"现在没有人知道它们在哪里，可能还会出现，最有可能的情况是它们最终会落入某个阿拉伯收藏家的恒温地下室里。"

"唐·奥多的笑话讲完了吧。"

"我不认为有什么好笑的。我们给他买了返回的机票，并把他交给了警方。不管怎样，一九四五年的时候他是这次抢劫行为的同谋，损害了劳合社的利益。你明白这个故事说明了什么问题吗？"

"不会因为起得早，天就亮得早。你们去巴拉圭去得太迟了。但我还是不明白您为什么给我讲这些和您想要我干些什么。"

"我需要你的精明和经验去追查,好让我们不再错过巴拉圭或是别的什么地方。"

"您疯了,我懂什么追查?我想一个像劳合社这样的公司应该有一批最好的侦探。快让这只臭狗别再蹭我的裤子了。"

"我想它是喜欢你。你想的是对的,我们是有最好的侦探和研究人员,但他们都是些喜欢窝在图书馆和实验室里的书虫,用计算机调查。实际上找到一件艺术品或贵重物品的下落并没有那么困难,那只是耐心的问题。真正的困难是要使用各种软硬兼施的手段、贿赂打点各个环节、确立供求规律,等等,这些才是最终决定东西能否被转手的因素。但所有这些只在正常情况下是这样的,你知道,贝尔蒙特,世道的变化是很快的。现在是循着蛛丝马迹来调查、追踪,发现一些情况,然后行动。别摆着那样一张脸,我就要说到你想知道的了。你都想象不到,谁也想象不到,我们将在南美收回的财产是多大一笔数目。四十多年间,我们逐渐跟第三帝国地下党卫队①的人建立了谈判规则。那是一项艰苦而缓慢的官僚

---

① 地下党卫队即纳粹德国党卫军的地下逃往组织,1947年成立于德国,帮助党卫军和盖世太保、纳粹高官逃避搜捕;如被捕,则组织法律援助、越狱或偷运国外。

式工作,幸亏我们有的是时间。但现在,没有什么能阻止那些掌握着很多秘密的人去他们认为属于他们的地方。由于这些知道真相的人大多年事已高,他们要么将秘密卖给了出价高的人,要么自己出发上路了,他们也想分得一点好处。"

"我还是不明白在您的故事里我是干什么的。"

"想想吧,像门盖雷①那样一个人,他被那么多国家驱逐和要求引渡,却可以在巴西和巴拉圭合法居留并且过得很快活。犹太人从没能在巴西和巴拉圭的法庭上证明那个被拍过几千次照的面慈目善的小老头其实就是'死神'。他们企图另想办法,比如像在布宜诺斯艾利斯对付阿道夫·艾希曼②一样来对付他,但是没用。他们派了好几支敢死队去绑架或干掉他,但都失败了,你知道为什么吗?因为他们不了解南美法律机制的猫腻。可你是知道的,贝尔蒙特,你掌握地下活动的技巧。一个南美的前游击队员可不是社会民主党的政治报告中所描述的失败的浪漫主义者。胜利的资本主义眼下已经

---

① 纳粹科学家,"二战"后在南美洲度过晚年。
② 阿道夫·艾希曼(1906—1962),德国战犯,第二次世界大战期间参与纳粹灭绝犹太人的活动。战后被美军俘获,但1946年从俘虏营逃走,1958年在阿根廷定居,1960年在布宜诺斯艾利斯被以色列特工逮捕,后偷运出境。1962年被以色列特别法庭处以绞刑。

让你们的知识成为准确无误和必不可少的科学。那么，我要的是你的什么呢？就是你的经验。"

那瘸子讲完了，坐在那儿一脸自负地看着我。像他这样一个蠢货害怕过吗？哼，愚钝的老家伙！如果这个对游击活动有着如此荒唐想法的克拉默是个倍受政治警察尊敬的家伙，那就可以解释为什么找不到巴德尔—迈因霍夫帮①的逃犯了。

"经验。您都不知道自己在说什么，您什么都不懂。我不否认曾参加过几次冒险行动，但都失败了，克拉默，都失败了。去巴黎或柏林转上一圈，您会碰上几百个退役的游击队员。"

"是的。但一个只在森林里放过几枪的人跟一个熟悉所有地形的人不可同日而语。你知道吗？德国反恐警察将那次针对索莫查②的暗杀行动视为经典。有五人成功潜入了南美被监视得最严密的国家巴拉圭，当时那里每四个人当中就有一个是安全局眼线。这五人把武器运到了该国，其中甚至有两门

---

① 即红色军团，早期名称以两个头目的名字组成，是联邦德国左翼恐怖集团。在联邦德国从事抢劫银行、安放炸药、绑架、谋杀等恐怖活动。
② 阿纳斯塔西奥·索莫查（1925—1980），尼加拉瓜独裁者。

火箭炮，他们找到了索莫查并将他消灭了。他们可不是尼加拉瓜人，贝尔蒙特，他们是南美人，是像你这样的人。很长一段时间里我都在寻找一个图帕马罗人①，一个像你这样的人，精通外语、掌握破坏技术、地下工作和隐藏技巧的人，在世界各国活动并在每个国家都留下一张关系网。"

"您疯了，克拉默。您跟我说的这些只有小说里才有。您需要的那个人名字叫伊万·伊利奇·拉米雷斯②，我可以送给你有关他的资料。"

"那个传奇人物'卡洛斯'，你别以为我没想到过他。遗憾的是他现在已经老啦。他被驱逐出黎巴嫩以后就带着他的德国家眷去了叙利亚。红色军团的女人们真是了不起，她们把他给废了。我们就讲到这里吧，你将为我工作，不是为劳合社，是为我。"

"不，我既不为劳合社也不为您工作。还有什么要说

---

① 乌拉圭左翼城市游击队组织，成立于1963年，以18世纪秘鲁反对西班牙统治的起义领袖图帕克·阿马鲁的名字命名，20世纪70年代初达到鼎盛时期，掀起了暴力行动的高潮，主要是对警察、官员进行政治绑架或暗杀，后遭到乌拉圭政府的强硬镇压。1985年乌拉圭恢复民主后，图帕马罗成为一个合法的政党。
② 伊万·伊利奇·拉米雷斯，绰号卡洛斯，1949年生于委内瑞拉，后参加巴勒斯坦民族解放阵线，制造了多次恐怖事件。

的吗?"

"有,还有一些。你要知道,警方接到了一个匿名电话,向他们揭发一宗毒品走私案。你在劳合社等我的时候,他们正在搜你的家。多么糟糕的事情,贝尔蒙特,因为你的同谋,一个叫瓦尔蒂维亚的人,阻挠司法人员执行公务,多糟糕啊。你在邮局的保险箱里有两千美金,是吗?那些也被没收了,一般都是这样的。你别紧张,卡纳亚喜欢放松的人。"

"您把一切都想到了,狗娘养的。"

"那当然了。我们瑞士人不喜欢做事有疏漏,大概是个民族通病吧。现在我们离开这儿吧,慢慢地走回去,警方需要一些时间来发现他们只是搞错了。"

"我该做些什么?"

"去智利走一趟。你回来后会得到报酬的,贝尔蒙特。可别想着开小差,你该很清楚你们国家和德国之间的引渡机制,它好用得很。"

"目前为止,您赢了。但我会让你偿还的,克拉默,我还不知道会用什么方式,但我会让你很惨的。"

"你看过《卡萨布兰卡》吗?电影的最后,那个法国警察对瑞克说:'我想这会是一段美好友谊的开始。'"

六　柏林：商务晚餐

加林斯基和少校在亚历山大广场坐上了一辆出租车。汽车在混着雪花的雨幕中缓慢地开到了柏林城的西部，在坎迪饭店门前停下了，这是夏洛滕堡最好的饭店之一。他们进了饭店，侍者走过来招呼道："下午好，老板，跟往常一样的开胃酒吗？"

"当然。你随意，加林斯基。这里的马天尼可是柏林最好的。"

加林斯基点了点头。等侍者走开之后他问道："您是这儿的常客？"

"我偶尔会来这里吃晚餐。他称我为老板也是真的，我是一家房地产公司的老总，办公室就在附近。"

侍者端来了马天尼酒，他们开始品尝。少校掏出香烟。

"你觉得怎么样？加林斯基。"

"现在还好。到昨天为止，我老是想到一个军事心理学家曾跟我谈起过，缺乏意志是对战争感到厌倦的一种讯号。我觉得自己是一个丧失了意志无法再作战的人。很奇怪吧？"

"你有什么打算吗？"

"没有。每次我想要打算的时候，局势总是让我觉得沉重，让我不知所措。我甚至去买了本雇佣兵杂志，却始终没有翻看过。我不否认我还在担心调查的结果。被审查真叫人受不了。"

"你没理由担心啊。我们情报官员是不会被动到的。这其中的黑幕实在太多了，很多人都会被牵涉，所以谁也不敢去动它。唯一苦恼的人是老百姓、跟斯塔西合作的线人，还有出卖邻居的可怜虫们。这场猎捕行动将会持续很久，不过他们不会动到我们的。"

"我很欣赏您的乐观，少校。"

"我知道我在说什么。你的过去无可指责，加林斯基。你曾在古巴教尼加拉瓜的潜水艇乘员在水下执行任务。怎么样？联合国因为港口的矿井问题判罚了美国人。你完成的是一项人道主义的使命，没有人会为此审判你的。你还曾在安哥拉训练过后来那批保护炸弹设施的民兵。在莫桑比克，你帮助保护铺设好的铁路和莫普托机场。所有这些有什么可以指责的吗？再之前，你曾给智利人和玻利维亚人教授爆破课程，又怎么样呢？他们来自矿藏资源丰富的国家，交到你手上时他们自称是享受专业奖学金的工人。你为他们所做的事情被称为帮助他们发展。你是军人，所做的事都是依据法律的，你只是执行它们。"

晚餐很丰盛。少校熟练地点了酒水，吃完甜点之后，喝着上好的干邑酒。他对加林斯基重复了一遍，告诉他没理由担心会受到惩罚或是报应。

"自然应该有人来承担所有这些过错的后果，那可能是一位此刻正在收拾行装的垂垂老者。他们会让他去智利，然后他会死在那里，死在流亡中。这就是这场德国戏剧所要求的悲剧结果。喝啊，加林斯基。喝啊，加林斯基。知道一瓶干邑酒值多少钱吗？你和我以前一年所挣的钱。不过那样的日子过去啦，畏首畏尾的时光已经是令人讨厌的历史啦。现在，新的时代到来了，它是属于我们的。"

"我也希望是这样啊，有什么诀窍吗？"

"只要积极一些。诀窍是有的，首先就是确定唯一有效的目标：变得富有——越富有越好。富有是香脂，而贫穷是猥亵的。想想吧，加林斯基，当柏林墙倒掉的时候，我们以为西边的人，那些联邦德佬会同情和怜悯我们的贫穷，可实际上怎样呢？他们只是对我们的贫穷感到恶心和厌恶。官方的演说宣称我们都是平等的，但我们知道实际上并非如此。当我们中的一员，一个猥琐的民主德人抬起他那块邋遢的俄罗斯手表看时间的时候，他会觉得遭到了时间戏弄，它飞快地流逝，快得让人无法追赶上。可是当一个联邦德人抬起他闪闪发亮的劳力士表看时间的时候，他会觉得时间是属于他、由他掌握的。应该决心成为富人，加林斯基，而且像你我这样的人有着极好的条件来达到这一点。我们很了解资本主义的规则。我们还曾是军人，也就是说，是有能力战胜困难的。"

"对不起，少校，我不懂您说的。"

"什么能让一个军人动摇？"

"我觉得我脑子里所想到的东西都很蠢。"

"也许吧。那是因为你还年轻，加林斯基。你一直被认为是个诚实的军官，因为别人说什么你都会相信。但我是个老江湖了，我可以告诉你其中的真相：每个人参军都只不过是为了获得战争之后的战利品。"

他们又喝了一杯可口的干邑，然后离开了饭店，开始沿着夏洛顿堡的街道散步。加林斯基感觉到一种糟糕情绪的余味正要毁掉那顿美妙的晚餐。少校请他吃晚餐就是为了那些吗？为了拿一些说教般奇怪的话来跟他高谈阔论吗？为了让他知道他可以成为胜利者的一分子，却又不告诉他如何做到吗？他们走到一个私家停车场的栅栏旁停下了。

"芝麻开门。"少校边说边把一张磁卡插进自动门。

他们走进地下停车场，走过一排排的车来到一辆敞篷的奔驰车跟前。少校按了一下遥控器，打开了车门的保险。

"喜欢这辆车吗？这是我最喜欢的玩具。"

"这车是您的？"

"你来帮我开车吧，我有点累了。"

他们出了地下停车场。加林斯基简直不敢相信，他正开着一辆电影里才会出现的车，一辆奔驰跑车。控制台上的按钮闪着光，城市的灯光倒映在汽车的发动机罩上。他依照少校的指示，把车开到了柏林城的东部，这里灯光昏暗，街道两旁的楼房灰暗低矮，就像它们所代表的社会主义。

"沿着'Unten den Linden'开吧。这个用西班牙语该怎么说？"

"菩提树下,这条街叫作'菩提树下大街'。我们去哪里,少校?"

"你现在的状态好吗,加林斯基?"

"什么意思,少校?"

"最好的意思。我有一项任务给你。"

"我听您的安排,昨天我已经说过了。"

"就像以前一样。只是这次如果完成的话,等待你的可不是一小块铁皮之类的东西了,那将是一套价值百万马克的房子。"

"我从来没有过现在这么好的感觉。您就下命令吧,少校。"

"好极了。继续沿着这条街开,我们去妓院。"

街道旁那些使这条大街得名的椴树跟周围的楼房一样显得蔫巴巴的。当车经过军国主义和法西斯时期死难者的陵墓时,少校发出一阵大笑。

"一切都在被出卖,加林斯基。你参加过多少次这个陵墓的仪仗队?这是我们的国家给我们留下的一块烂疮。很快它也会被卖的。说不定他们会在这里开一家汉堡店,会用地狱里永不熄灭的烈火来烤肉。"

他们在学院广场附近停了车。加林斯基看了看夏洛滕霍夫饭店可怜的彩灯。少校又笑了。

"老夏洛滕霍夫,也许这会让你想起那时候来这里找那些拉美人,带他们去科特布斯基地吧。谁要是买了这家饭店,他会得到一堆的电线和窃听器。斯塔西为每一个被邀请的人安置了窃听器,我们也装了一些,还有克格勃、中央情报局、阿拉伯人、古巴人、安哥拉人,他们也都装了。这家饭店的窃听器比用来造它的砖头还要多。我认识一个英国人,他刚刚买下了那儿。"

加林斯基也跟着少校一起笑了。虽然笑着,他却忍不住想起了一九八〇年的某个上午。那次他去夏洛滕霍夫饭店见一个尼加拉瓜女人。那个女人带着一群无法玩耍的小孩来到了民主德国。这些孩子无法玩耍并不是因为他们不想玩,而是因为他们没有手。就在桑地诺民族解放阵线胜利前夕,阿纳斯塔西奥·索莫查的警察砍掉了在马萨亚暴动中扔石块的二十个小孩的双手。其中有十二个孩子幸存了下来,他们来到柏林接受安装假肢的手术,这样他们就又可以玩耍了。那些孩子见到他时都抬起没有手的右臂滑稽地模仿他们的行礼,看上去令人毛骨悚然。加林斯基看得张口结舌,什么也没说。

想到这样的事情简直给即将到来的美好时光浇了一桶脏水。

他们来到一条典型的柏林小巷，推开一扇宽大破旧的门。大门两边是分别通向楼房左右两侧配楼的楼梯，楼梯旁是一排排的按钮和电表。他们一直走到了通向里院的门。加林斯基对这种建筑非常熟悉。他想，在里面的院子，在内院，他们肯定会看到一些墙皮剥落的房子和摇摇欲坠的阳台。此外，在某个光线昏暗的玻璃窗后，会有个正在读书或是翻看明信片的老人的身影。

令加林斯基吃惊的是，里院的楼被周围的脚手架半遮盖着，架上还挂着一些西方建筑公司的广告牌。整个一楼都亮着灯。门口闻到一股新刷油漆的味道，自动门里传来一个声音跟他们打招呼。

"晚上好，两位需要些什么？"

"我们想喝两杯，还要有佳人相陪。"少校回答说。

一个肌肉发达的家伙来给他们开门。他认出了少校，为刺鼻的油漆味道歉，紧接着就把他们领进了一间宽敞的房间。那里，一群姑娘们正依偎在拉美式的吧台上跟客人们聊天。他们要了两杯杜松子酒。

"现在开张的所有妓院中，这家是最好的。高兴点，加林斯基。墙边的人没什么可羡慕的。这里的老板是个慕尼黑人，他花了不少钱来翻新这栋房子。这些姑娘怎么样？这儿有适合各种口味的姑娘。看，你可以跟那个黑白混血儿练练西班牙语。她是古巴人。咦，我的姑娘到哪儿去啦？"

凌晨三点，一层厚厚的雪覆盖着柏林的街道。加林斯基走到一扇窗前，打开窗呼吸了一下冰冷清新的空气。他已经看了两个小时少校给他的那些资料了。

"累了吗？加林斯基。"少校在写字台的另一边问道。

"没有，少校。整个事情让我很震撼。"

"嗯，你有两天的时间来安排这次行程。"

"智利，我从没去过这个国家。"

"应该跟古巴没太大区别。我们还在这家妓院庆祝你的归来，到时候可得你请客。"

"我将感到荣幸，少校。真正的荣幸。"加林斯基说着，把一本苏黎世古钱币博物馆的总目录放到了桌上。

七　汉堡：思考的时刻

我和克拉默在劳合社的大楼门口分手后，就漫无目的地离开了。起初我想去塞尔玛的小店，后来又想去"蕾希娜"收回他们欠我的工钱，但最后无助得需要四面墙壁来保护自我的渴望占了上风，于是我只好爬上楼梯去寻找自己的窝。

住我楼下的那个人大概已经好几个小时眼睛都贴着门上的猫眼或是那些可恶的家伙所谓的监视孔了，他在等着我路过这里去开门。

"喂，我们想跟您说，我们这里的房客都是正派体面的。"他说。

"我们？我没看见其他人呀。"

"我们已经和其他邻居谈过了。上午有警察搜查了您的房间。我们签了份申请希望您能从这里搬走。"

"谢谢你告诉我，我就喜欢好心的人。"

"您为什么不去土耳其呢？"

"因为我不想去，因为我就喜欢和你们这些狗娘养的人住一起，明白吗？"

我边说边上了楼，那家伙关上了门。

我的屋子里看起来就像被龙卷风扫过一样。所有的书都散落在地上，椅子上的坐垫都被刀子割开了，床上的垫子同样未能幸免。洗手池里一摊没法从排水管流走的牙膏、香波和香水的混合物泛着泡沫。厨房里，冰箱的门大敞着，灯照着满地被踩得一团糟的米饭、剩面包汤和通心粉。在客厅的地上，我看见了那个无辜的牺牲品：佩德罗·德·瓦尔蒂维亚的电暖气，露出它被割断的电线。警察的活干得真是漂亮。

我拉开被割烂的坐垫，坐到沙发的弹簧上。屋里很冷，跟外面没什么分别。看来仍然没有暖气。我想到了那个戴着蓝色护耳帽的小个子。当我接受克拉默的任务时，那个瘸子向我保证佩德罗·德·瓦尔蒂维亚会安然被释放的，可是我总觉得我欠他的不只是一声道歉。

"明天你会拿到机票，还有最新指示和预付给你开销的钱。"临别的时候克拉默说。

"我可能会耍赖或是把一切搞砸。"

"你不会的。虽然你不愿意接受这个任务，但慢慢地你就会发现我给了你一份最好的差事。你会成功的，贝尔蒙特。你将第一次从冒险中获得利益。"

"您对成败又知道多少？"

"比你想象的要多。还有你别忘了，你是为我工作的，专门为我。"

我要回智利了。之前我一直担心这一刻的到来，并不是因为我已经不喜欢这个国家，也不是因为她在我心中已经可有可无。我害怕回去是因为我一直是个不容易遗忘的人，特别无法遗忘那些政治条约和垃圾法令。

智利能给我什么呢？我有一种深深的忧虑。不知道我的内心——暂且给我们的灵魂栖居的地方取这么个名字吧——将会怎样反应。

还有，那里有你，维洛妮卡，我的爱人。你守在我不敢靠近的沉默城堡里，因为知道你不会让我进入。

我突然看到那本被压坏了的《长夜漫漫的旅程》，在这本书里夹着一封信，那是唯一一封曾给我带来极大痛苦又或许隐藏着一丝喜讯的信。我欠起身在书页间翻找。信还在，折成四折，好像它也怕冷一样。

智利圣地亚哥,一九八二年九月三日

胡安·贝尔蒙特先生:

您并不认识我。我叫安娜·拉戈斯·德·桑切斯,是一个被捕失踪者的妻子。一九七四年五月二十二日上午十点,我丈夫安赫尔·桑切斯在出门的时候遭到了逮捕,当时他正要去五金店买些器材。他是个自来水管道工,那年四十岁。有好几个人看到他被带进一辆没有牌照的汽车里,从那以后我就再也没有过他的消息。安赫尔是个共产党员,我也是。为了找到我丈夫,我开始积极参与失踪者家庭委员会的活动。您可能知道我们已经找到了他们中的许多人的秘密墓穴。还有几次我们幸运地发现有的人还活着,尤其是孩子们。

我们的寻找方法之一就是,一大早几乎是宵禁钟刚刚响过就从家里出发,前往垃圾堆和圣地亚哥周围的一些荒地,日日如此。我并不想打扰您,但我相信我们找到了您的同伴,她还活着。

一九七九年七月十九日,在圣贝尔纳多的一个垃圾堆中有人发现了一个年轻的女人。我们得到通知就赶了过去。接下来我要说的会有些残酷，胡安，但我知道您是个勇敢的人。如您所知，她是在一九七七年十月被捕的。您同伴的鳏居老父一直在找她，直到耗尽了所有的力气。一九七八年十月，堂·安德烈斯·塔比亚在得知智利司法机关宣布维洛妮卡·塔比亚·马尔克斯失踪之后就去世了。我们委员会有几乎所有失踪者的照片，就是从其中的一张我们才知道了她的身份。

她现在身体基本已经复元了，但是精神被摧毁了。她不说话。从发现她到现在，我们还没听见她说过哪怕一个字。天知道她落在那些人手上后都经历和看到了什么可怕的事。

我们知道了她的身份之后就开始寻找她的家人。可是，正如您所知，维洛妮卡除了父亲以外再没有其他亲人。她现在跟我住在一起。为安全起见，我对外说她是我的侄女。她在我家住了三年，尽管她不说话，整天神情恍惚，但我已经学会了像疼自己的女儿一样疼她。

我总算找到您了。几个星期前，我带维洛妮卡去我的一个医生朋友那里看病，等车回家的时候，走过来一个人，他认出了维洛妮卡。维洛妮卡还是不说话，于是我就问那个陌生人是不是维洛妮卡的朋友,问他能不能帮我找到更多的以前认识维洛妮卡的人。看得出那人很害怕。在这个国家有太多的胆小鬼。我坚持问他,于是他匆匆地跟我提了一下您,说知道您正在流亡。

接下来就是在失踪者家庭委员会搜寻信息了。不幸使大家走到了一起,我们很幸运地联系上了"五月广场母亲[①]",从那里知道了您的地址。

我知道独裁期间您是不能也不该回智利的。我只是想让您知道维洛妮卡现在很好,尽管她还把自己囚禁在对过去遭遇的恐惧之中,无法恢复神智,但她不缺少我们这些依然相信爱的人给予的爱护和支持。

在这里附上我的地址和电话号码。

在这个艰难时刻给您一个拥抱。希望当您得知她还活着时能从中感到喜悦。

您的朋友

安娜·拉戈斯·德·桑切斯

---

① 阿根廷军政府统治时期成立的民间组织,起初由失踪者的母亲们发起,旨在寻找幸存的失踪者。

后来那位好心的安娜夫人还给我寄来了照片，就这样维洛妮卡回来了，就这样你回来了，我的爱人。你双眼中透露出的迷离笼罩着你那稚气的脸庞。我用手指摩挲着你斑白的长发，都快擦去了照片上的图像。一次又一次，我认为自己活着只是为了你，为了你的幸福，于是我拒绝参加萨尔瓦多和危地马拉的游击队。我为你而活，为了让你生活得无忧无虑，维洛妮卡，我的爱人。一九七九年七月十九日，你在圣地亚哥的一个垃圾堆里苏醒了。而就在那一天我却在马那瓜开怀大笑①，为此我一直深感愧疚。我是多么憎恨自己参与桑解阵线血色的胜利。当时我多么想马上就回去。然而，我发觉自己并不是因为思念尚在人间、仅仅是失踪的你，而只是一心想给被认为已经遇害的你报仇才想回去，我又是多么鄙视自己。现在我回来了，维洛妮卡，我的爱人。可是我害怕，很害怕，因为复仇的渴望主宰着我，指引着我思想的每一步。

有人敲门，我攥紧了拳头。如果是某个爱给人忠告的邻

---

① 在这一天桑地诺解放阵线占领尼加拉瓜首都马那瓜，就此解放了全国。

居，我就会打得他满地找牙滚下楼去。

佩德罗·德·瓦尔蒂维亚用他能睁开的一只眼睛看着我，另一只眼睛肿着，四周是一圈紫色的血肿。

"警察干的好事，先生。他们弄坏了所有的东西。"他见了我就说道。

"我已经看到了，进来吧。"

"我跟他们说您不在，他们不信。"

"那些警察就是这样的。他们从不相信别人。谁弄伤了你的眼睛？"

"不是他们。他们把我和一个喝得醉醺醺的挪威人关在一起，他非要我给他跳舞不可。不过我给了他该得的教训，先生。我用头撞了他一下，足够让他昏睡好几天了。"

小个子转动脑袋看着满地的狼藉。当看到被拆散架的电暖气时，他像波吕斐摩斯①似的脸上露出了狂怒的表情。

"混蛋，真他妈的混蛋。他们连取暖器都没放过。"

"没关系的，我付你钱。"

"别这么说，先生，楼里除了您所有人家都有暖气了。"

---

① 希腊神话里的独眼巨人。

他说,并开始收拾地上的书和其他东西。

趁着佩德罗·德·瓦尔蒂维亚忙着收拾这场政治风暴席卷后的房间,我走进厨房,看看他们是否放过了一瓶酒什么的。运气还不错,还有一瓶龙舌兰酒和一些清洁用具堆在一起。

"放下那些吧,我们来喝一口。"

"皮斯科?我可以下去买些柠檬来,我给您做个开胃酒。"

"是龙舌兰,男人的酒。喝吧!"

"墨西哥的皮斯科酒也不错。"矮个子挤弄着那只好眼睛说道。

两点钟的时候,佩德罗·德·瓦尔蒂维亚已经把屋子收拾得井井有条,就好像来过一群家庭主妇一样。我只是强打着精神帮他收拾,不过我喜欢有他跟我在一起。随着最后一滴龙舌兰酒被咽下肚,被划坏的坐垫里最后一粒碎海绵球也被清理掉了。

"明天我带针线来,帮您把这些坐垫缝得跟新的一样,先生。"

"你就没问问那些警察想干什么吗?"

"他们从来都没有好事。"

"都是因为我,他们才把你关进监狱的。"

"就几个小时而已。死猪还怕开水烫吗?奇怪的是我打破了那个挪威人的脸之后,他们却放了我。"

"有件事我要告诉你,佩德罗·德·瓦尔蒂维亚,我们将去一个有土耳其朋友的地方吃饭。"

"太好了,先生。我们要庆祝什么吗?"

"为什么不呢?庆祝一下我要回智利了。"

我们朝塞尔玛的小吃店走去,开始下雪了。小个子把他的巴拉克拉法帽拉到了脖子,每走两步就扭头看我一眼。他没有受伤的那只眼睛里射出的光芒就好像在说,我们正在做一件伟大的事业,一件少了他的陪伴就让人无法忍受其中挫折的大事。

历史回述

公元一三二五年六月十三日我告别了丹吉尔①。当时我年方二十一岁,立志去觐见天房和瞻谒圣墓。于是我抛下亲友、妻儿、双亲和一切荣华富贵,像飞鸟离巢一样孤寂地出发了。只有至高无上、宽厚仁慈并且拥有九十九种美德的神灵知道风儿会把我带到什么地方……

(六百年前,阿布·阿卜杜勒·穆罕默德·伊本·阿卜杜勒·伊本·穆罕默德·伊本·伊布拉欣·阿尔·赖瓦提这样开始叙述他的游记。他徒步漫游了十二万公里,以伊本·白图泰之名闻名于世。)

---

① 摩洛哥北部古城、海港,位于非洲大陆西北角进入直布罗陀海峡的入口处。

……在我的旅程中（尽管它还没有结束）——只有高深莫测的神灵知道我在找寻什么，以及是否会有找到的那一天——我认识了三种旅行者：第一种是虔诚的朝圣者，愿仁爱的安拉守护他们；其次是安分守己的商人，他们的商队沿着路上的车印不停地赶路，愿神灵保护他们的财产，并使其不断增加；最后一种人热衷于追逐无垠的海平线。这些奇怪的人并不眷恋安拉赐予他们的幸福和安逸。他们宁愿忍受煎熬，也要按照自己的意志去感受集市的热闹和喧嚣。从清真寺塔顶传来的伊玛目虔诚的颂经祈祷声随风飘荡，这些人的灵魂从中得到最大的安宁。愿慈悲的神灵宽恕他们的罪过，也宽恕我的罪过，因为我觉得这些人就如同我的兄弟一般……

（一三六七年，伊本·白图泰在游历了四十年后，被非斯[①]的苏丹挽留在该城。此时他的足迹已经遍布了三大洲无数

[①] 摩洛哥历史名都，位于国境北部，为摩洛哥国土上最早建立的阿拉伯城市，已有两千八百多年的历史，被视为伊斯兰教圣地之一。

的地方。在这座禁止使用轮子的城市里,伊本·白图泰在著名的卡鲁因大学被奉为上宾。在安达卢西亚诗人伊本·朱赞的帮助下,伊本·白图泰花了两年的时间编撰游记。这本异域行记的手稿至今仍保存在巴黎国家图书馆里。)

……感谢伟大的安拉保佑我的回忆,赐予伊本·朱赞灵感以记录下那些优美隽永的文字。生活对我而言依然是一个庞大而高深的玄妙。不过神秘莫测的神灵并不愿我仅仅停留在一扇神秘之门外面。那是在许多年前,印度的苏丹穆罕默德·伊本·图格鲁格热情周到地接待了我,愿宽宏大量的真主保佑他受人尊敬。我们来到建有九十九根柱子的贾汗帕纳宫,看到了工匠们巧夺天工的手艺。他们把小块的瓷砖镶嵌在穹隆屋顶上:先是从四周开始,再逐渐向顶部中心贴,直到最后,圆顶中央留有一块空间,不大不小刚好够镶一块瓷砖。于是工匠们放下手中的活儿,开始称赞安拉的圣明。在那里,我领悟到,任何一个旅行者,无论他到达多么遥远的地方,都无法受到至高无上的神明的庇护。真主透视人间,却对他们视而不见;真主洞悉万象,却偏偏将他们遗忘。永远也无法归来的朝圣者,被热带沙漠吞噬的商客，消失在海面的船只以及墓地旁不曾有未亡人哭泣的逝者，他们就如同在安拉的意志支配下镶嵌的拼图，这些人毕生都在追寻一个合适的地方，一个合适的工作。他们中的许多人可能已经在大地中永生了，而这是其他人绝对无法体会的境界，因为伟大的神灵就是这样安排的。另一些还称不上功德圆满的人，比如说我，至今还没有找到合适的职业，但终究有一天慷慨伟大的真主会使我们从四方汇聚到一起。到那时，整个拼图将会完整，这将是一派高尚和虔诚的景象，将满是仁慈和美德……

（伊本·白图泰于一三六九年在非斯去世，终年六十四岁。悲痛的苏丹下令铸造一百枚重达十盎司的金币，在伊本·白图泰游历过的一百个地方各埋下一枚，以示纪念。不过苏丹的愿望最终也没能得到实现，金币更是数易其主。根据苏黎世古钱币博物馆的记录，一百枚中现存的六十三枚金币最后的主人是不来梅一位著名的金银器商人伊萨克·罗瑟姆。他于一九四三年死在贝尔根—贝尔森的集中营里。金币最后一次出现是在一九四一年的柏林。这就是著名的流浪中的新月宝藏。）

第二部

　　紧张的生活补偿所有的努力和几乎所有的付出；苟且偷生是平庸者一贯的态度和应得的惩罚。

　　　　　　　　——娄罗·迪耶斯《死亡大街的一块砖》

八　万米高空：不眠之夜的思考

晚餐之后放映了一部令人昏昏欲睡的片子，大多数乘客都盖着汉莎航空公司的蓝色毛毯酣然入睡了。我也不戴耳机，无声地看着《夺宝奇兵》系列的电影，心里只盼着它早点结束，屏幕上能重新出现蓝色大洋相隔的欧洲和南美洲地图。一条虚线显示飞机的飞行路线。我们就快飞到佛得角群岛上空了。我觉得这条虚线每向前延伸一段，捆绑我进行这次身不由己的冒险之旅的绳索就长一节。这次行动会不会通往一条不归路呢？

最后一次和克拉默见面是在我启程两天前。那些日子里阳光若有若无，汉堡的街上一派懒洋洋的景象。幸亏太阳就挂在天上，证明了这颗古老的恒星依然在发光发热。

我们约在植物园见面。这是个相当大的花园，从市中心一直延伸到近郊的港口。我们约在九点。我到的时候，克拉默正在欣赏一幅戏谑的场景：一位老太太被气得直哆嗦，全是因为克拉默的恶狗正在和老太太的小狗交配。

"老变态，请你想法儿让你那头野兽放了我的小狗！"老太太边说边挥动手里的包。我真希望她能把克拉默的头砸烂了。

"我亲爱的夫人，本能是无法阻止的。"残废人带着一脸无耻的笑容回答说。

我走到近处，于是老太太向我求助："先生，求求您了！"我想趁这畜生正忙得不可开交时踢它一脚，未想就在这时它松开了那只小狗，结果我一脚踢了个空。这个狗东西伏在地上，下半身血淋淋地翘着，向我龇着牙。

"谢谢，我相信真主是不会让你们做出这种亵渎行为的。"老太太说完，带着她的小狗离开了。

"你不要管卡纳亚的事，这绝对是个好建议。"克拉默和我打了个招呼。

"这种不要脸的事它做过多少次了？"

"我们去吃早餐吧。卡纳亚已经放松好了。"

我们选了一张露天的桌子。克拉默宣称这样阳光可以烤到他骨头里。他点了两杯咖啡和点心，又为狗要了些豆饼。

"大豆对性功能的恢复有奇效，中国人对此很有研究。"

"要是我，就让人喂这条死狗吃毒药。"

"你和卡纳亚会彼此欣赏的，我肯定。机票你拿到了吗？"

"你很清楚我有。"

"我只是想对你亲热些。好吧，你这次的任务是什么？"

"去火地岛，找到汉斯·希耶尔曼，劝说他交还六十三枚金币。这一切都很简单，除非一个叫少校的家伙在我之前赶到，那么希耶尔曼和金币都不存在了。"

"他还没有到。他还没离开柏林。贝尔蒙特，听我说，我请了私人侦探监视这位著名的少校。他曾是前民主德国情报官员，现在从事房地产生意。"

"一个前情报官员？可能还有别人在行动，说不定现在正在回来的路上呢。"

"这也有可能。无论如何我命令你必须立刻行动，我知道你也想见见维洛妮卡了……"

"不许说她，克拉默！我不想听见我爱人的名字从你那张臭嘴里说出来！"

"安静，卡纳亚！好吧。不过，贝尔蒙特，你不要叫这么大声，这会吓到狗的。听着，任务一完成，你就可以处理你的私人事务。我已经为你准备了从圣地亚哥到彭塔阿雷那斯①的转程机票。你要在圣地亚哥机场停留两个小时,随后立刻飞往南方。我已替你安排好了一切。你只需在机场提取国内航班的机票。你会比另一个人先到的,贝尔蒙特。你会赢的,你必须赢,你知道为什么。"

我当然知道。从第一次见面,克拉默就要我明白:他已经把我牢牢地控制在手掌心里。他让警方切断了我的退路,他把我逼到了悬崖的边缘,令我走投无路,束手无策。这一次我是真的被困住了。我的一切都是为了维洛妮卡,过去和现在,我要尽量满足她的所有需求。我不清楚克拉默葫芦里卖的是什么药,他想看着我陷入一条只有一个出口的胡同里,而他坐在轮椅上就可以监控我,于是他根本就不把我的过去放在眼里?还是他所做的这些只是为了验证像我这样的人一旦箭在弦上,行动越急促,思考就越周密?我们过去常说一句行话:见机行事。那天我们在易北河散步时我就这么决定了。克拉默盯上了我是因为他需要我。他选用了敲诈的手段,但是我们两人都会有输有赢。更何况他许诺事成之后给我一

---

① 智利南端的一个城市。

笔丰厚的酬金。在尼加拉瓜的时候,埃顿·帕斯托拉,有史以来最优秀的一位游击队员,让我学到了一招:把艰难的撤退伪装成进攻,问题即可迎刃而解。

"好吧,克拉默,你说的我答应你,但我有一个条件。"

"好啊,任何事都可以商量。"

"你的钱我他妈的才不感兴趣。我要别的。等我完成任务后,你就拥有那笔该死的金币了,但是你得负责送维洛妮卡到欧洲最好的精神病治疗中心。"

"可以。去瑞士最好的诊所。"

"不,我要丹麦的。在哥本哈根有治疗精神创伤最好的医院。无论如何!"

"一言为定,我一见到那笔金币就会着手组织你心上人的这次旅行。无论如何!"

屏幕上虚线还在一点一点地向前延伸,仿佛要在海峡两岸之间搭起一座桥梁。一位空姐走过来问我是不是入睡有困难,她给了我眼罩。我向她要了杯加冰的杰克·丹尼。手握杯子,我开始回忆离开汉堡时的情形了。不过是八小时前的事,我却觉得那已属于另一个我都快记不清的世界了。

佩德罗·德巴尔迪维亚要去机场送我。这个小个子将按照我的条条指示在家里看护我的房子:"好的,你知道了吗?如果我两个星期内没回来,你就把所有能卖的都卖了,把钱按照我留给你的地址汇出去。"

"您放心吧,老大。您一定会回来的。我不知道您去智利干什么,但一定会一切顺利的。长官我什么都不问。"

"好!这一点让我更喜欢你了。那里现在是二月,已是夏天。我都不记得热是什么滋味了。"

"那也要看是什么地方了,老大。在首都是盛夏,可在南方已经到了秋季。"

"那倒是。我约会的地方在火地岛。"

"老大,我是那儿的人,波韦尼尔的。您得带上厚实的衣服,在那里这时候已经开始刮起极地的寒风了。我是说真的,长官。"

"那就是说我整天都要捂着大衣了?"

"最好是羽绒服。您没有吗?没关系,我有一件穿着太大了,我给您吧,那是全鸭绒的。"

临走的那个早上他带来一件绿色的羽绒服,结果甚至我穿起来都显得有些大。我们紧紧地握了握手,就算是告别了。

当我通过安检的时候，我回头发现小个子还在大厅里没有离去。他冲我笑着，蓝帽子戴得很低，一直压到眉毛，一只眼睛仍然只能睁一半。

经过十个小时的飞行，飞机在圣堡罗中转着陆真让人高兴。在这里随即就感受到了热浪的袭击。我在机场休息室里喝了一杯正宗的咖啡，此时我脑中突然闪出一个警觉的念头：少校派来的某人——可能是男的也可能是女的，任何情况都可能出现——会不会也在这次航班上？飞机上共有两百多人。我决定先观察他们的外貌特征。当飞机再次升空时，我就立刻在机舱内走动，四处观察。又一杯咖啡下肚，我觉得自己在白费工夫。我这样像个私人侦探似的，以为猎狗是这样去逮野兔的。

在侦探小说里有很多出色的私人侦探，他们从纷扰复杂的案情里抽丝剥茧侦破案件，令我记忆犹新。但在现实生活中我只碰到过一个算真正意义上的私人侦探。按照纪律的要求，我忘记了他的名字。

我记得那是在一九七七年，当时全世界就像个超级市场，形形色色的革命者到处征集军饷，购买武器。我从莫桑比克回巴拿马，中途在拉巴特休息两天。在这期间要和泛撒哈拉阵线的人接头，他有情报要我转交给雨果·斯帕达弗拉[①]。我们在一家咖啡馆会面。第一眼看见接头的小伙子我就觉得他很不错：他叫萨莱姆，与一种香烟的牌子同名，讲西班牙语时带着一股浓重的撒哈拉口音。

"我们正在被人遗忘，独立战争似乎已经过时了。"萨莱姆说。

"我可没有忘。我对撒哈拉民族的人民了解得不多，但是我一向对你们抱有好感。这大概是因为图阿雷格人[②]的故事令我着迷。"

"你愿意为我们做些什么吗？"

"我帮雨果递情报。这还不够吗？"

"我是说别的：找回我们一批必需的装备。我们的一次军火交易被人动了手脚，买到的都是些废铜烂铁。沙漠之子决不能就这样善罢甘休。"

"在哪里交易的？"

---

① 雨果·斯帕达弗拉（1941—1985），巴拿马医生和游击队员。他是桑地诺革命阵线成员，参加过推翻尼加拉瓜索莫查政权的军事行动。
② 一支主要分布于非洲撒哈拉沙漠周边地带的游牧民族，散布在非洲北部广大地区的柏柏尔人中。

"在墨西哥城。你也知道那个很平静的城市。不过现在那批货已经被转移到了卢森堡。我们有人日夜监视着。"

离开拉巴特后我直奔巴拿马，再到哈瓦那，去寻找能助撒哈拉人一臂之力的角色。我不太了解墨西哥城，当然，又有谁敢吹嘘自己了解世界最大的城市呢？对于墨西哥人我知道得就更少了。南美洲接连不断地发生政变，而这个民族的历史上却鲜有这种创伤。他们生活中有烦恼和不顺，但依然倔强地为了明天更美好而奋斗。墨西哥人和其他拉美民族唯一的不同之处就是，他们绝不会以幸福的代价换取掌权执政这样的空头支票。

那时我尽管对墨西哥当地人不甚了解，却很熟悉在古巴的墨西哥人。一年前我曾结识了一位名叫马尔科斯·萨拉萨尔的教授。他在七十年代末参加了一场武装起义，梦想完成比利亚和萨帕塔①未竟的事业。这次起义名叫"路西奥·卡瓦尼阿斯运动"。他们满以为此次行动会被作为震撼整个大陆的光辉业绩而被载入史册。但是他们的算盘打错了，因为古巴根本不支持他们。古巴可不愿意因此而得罪墨西哥当局，这是

---

① 比利亚和萨帕塔是墨西哥同时代的农民起义领袖。

建立在两国力量对比的客观基础上的结果。

起义仅是昙花一现，革命制度党的镇压立刻击溃了他们。萨拉萨尔在内的一伙人为了活命劫持了一架飞机。飞机降落在古巴，他们也就留在了古巴，永远留在那里，或是直至风云多变的历史对他们的生死存亡做出新的命运安排。

我漫步在哈瓦那的海滨马路上。这里是个适合会面的地方，兴许可以找到马尔科斯的行踪。我买了一份《格拉马报》，找了一个四周都很开阔的地方坐下来，把报纸从头读到尾。我欣赏着哈瓦那美丽的少女，不觉中抽了半包烟。这时，有一个熟悉的声音和我打招呼："贝尔蒙特，你在这儿？"这是布拉乌里奥，一个黑白混血儿，他手里提着一只箱子。

"你好，布拉乌里奥。要去旅行吗？"

"是啊。我要去瑞士把赚来的钱存起来。我在为一种与众不同的商品担任独家代表、广告宣传人和经销商。老兄，我可以向你保证，那绝对是与众不同的。"

"生产商是谁？"

"一种树，妈的，我卖鳄梨。"

布拉乌里奥是一个善于谋生的古巴人。他曾是吉隆滩战役的一名指挥官，不过他一向保持着幽默的性格。

"我要找一个朋友,墨西哥人。"

"不太好办。一个星期前墨西哥国家石油公司的人找过他们。不少人都被带到卡马圭①去了。"

"十美元能撬开一张嘴。"

"精辟。你能去当诗人了。你明天来瞧瞧那些哈瓦那的作物吧。十点到十二点之间。来个鳄梨吗?"

马尔科斯·萨拉萨尔他现在怎么样了呢?那时他四十来岁,总是一脸倦色,烟不离手。惹人注意的古铜色的秃顶掩饰了他作为游击队员的气质。一个身穿军绿色衬衫、长得像个公证人似的家伙跟着他,假装在一旁看海。

"贝尔蒙特,真他妈的不敢相信,我们又见面了。"

"我们去喝一杯吧。"

"我请客,骑士付钱,我的守护天使?"

"我看见那个人了,还有别人跟着你吗?"

"没了。我这么无足轻重,几个月来都没换过人跟踪我。你看,那个盯梢甚至有点斜视。管他怎么窥探我们,兄弟,我们走我们的,然后把这事和回忆一起灌下肚。"

---

① 位于古巴北部的群岛。

"我要在墨西哥找一个人，一个神通广大的人。"

"我懂了。你听着，他的名字我不记得了。但你能在阿兹卡波特萨尔科区的'世界末日指引'酒吧找到他。他一只眼睛瞎了，不过我不知道是哪只。我最后一次见到他的时候他的两只眼睛还是好的。"

"我怎么谢你？"

"喝一顿烂醉几天。"

阿兹卡波特萨尔科，许多城市都会有这么一个郊区，它寄生在庞大的墨西哥城边。这里的一切都和那个污染空气的巨型炼糖厂有关。我稍微打听了一下便找到了这家"世界末日指引"酒吧，这里是糖厂工人和酒吧常客经常出没的地方。

"你好！"老板招呼我说。

"来杯啤酒。老板，我在找我一个哥们儿，他是这儿的常客。他一只眼睛瞎了。"

"您肯定他想见你？"

"当然啦！我不是说了我们是哥们儿吗？我很急！"

"稍等，您尊姓大名？"老板边拨电话边问我。

"鲁滨逊·克鲁斯。"

我等了喝五扎啤酒的时间。这么长的时间足够我确信这个世界上的人可以分为两种：卑鄙小人和无耻之徒。我正在考虑哪种人更合我的胃口，这时看见酒店老板在一个劲地使眼色；他在向刚进门的一个男子暗示我就是等他的人。看不出那人有多大年纪，他头戴一顶棒球帽，右眼蒙着一块褐色的布。

"您不是鲁滨逊·克鲁斯。"

"对，但我是马尔科斯的朋友。在古巴他向我介绍了您。"

"古巴流氓。给我杯温和点的酒。"

"一杯什么？"

"一杯自由古巴。"

老板上了他点的酒。于是我就看着他是如何喝酒的：他拿起杯子，一根手指伸到杯子里让柠檬片和冰块不倒出来，一口气把朗姆酒喝得一滴不剩，然后往杯子里倒满可口可乐。

"年轻人们管这酒叫自由古巴，好吧，您找我有什么事？"

我把萨莱姆告诉我的消息又和他说了一遍。独眼人边听边品着自由古巴。他那只没瞎的眼睛一眨一眨好像在告诉我，他已经计划好了行动。我讲完后，他说他想看看目标。

这个我已不记得名字的独眼人开着一辆老掉牙的大众。我们穿过了仿佛没有尽头的墨西哥城来到一处有许多好莱坞风格的房屋的地方。在距离目标房屋四十米左右的地方，我们停了下来。他一只眼睛注视着后视镜。

"看上去不难下手。"他说。

"我想勘察一下地形，做到万无一失。"

"这就是你们智利人！交给我来做吧，您在这儿太显眼了。"

"我们要不要谈谈报酬？这次行动是很危险的。"

"干什么？鲁滨逊·克鲁斯和我情同手足，他的朋友也是我的朋友。"

他开着那辆大众把我送到一个出租车停靠点。分手时他给我一张名片并嘱咐我晚上八点给他打电话。名片上有他的名字和头衔：私人侦探。

晚上我如约给他打了个电话。墨西哥人真的很有趣，他们对说定了的事决不失言。

"我们明天动手。我六点去宾馆找您，就像巴顿将军说的那样。"

"好。我想您能给我准备一支枪吧。"

"您的幸运数字是多少？"

"九。"

晚上我和拉巴特那边通了电话，告诉萨莱姆事情的进展情况。沙漠之子告诉我他们那边一切进展都在计划中。

第二天一大早，在墨西哥城的一幢好莱坞式平房旁有三个身穿黄色工作服、头戴安全帽的人在静静等候。直到从房中驶出一辆汽车，里边坐着三个人。于是等候的这三人下了车。一个是独眼人，一个是个机警的小伙子，再一个就是我。独眼人管那个小伙子叫"邻居"。

"邻居"没有按门铃，而是使劲地敲门，直到一个胖得像猪一样的看门人一路小跑着出来，腰里还别着一把点四五口径的枪。

"出什么事了？"

"他妈的开门我们要检查瓦斯在哪里泄露了快点如果我们不能及时发现问题在哪儿就会发生大爆炸全都会被炸飞到半空中快点开门。"

这家伙果然中计了。这一串没有停顿的讲话不容置疑，我们进了门。"邻居"不断地大声警告，结果另两个睡眼惺忪的警卫和两个女佣都被叫了出来。

"瓦斯是从屋内泄露的，情况比我们想象的还要糟。""邻居"看着一支安培表的计数，假装它是个盖氏测量表。

我们冲进屋子。看见三个保镖和两个女佣都在屋里,我们掏出了武器。独眼侦探用一把点四五口径的黑色手枪,"邻居"用的是点三八口径的短筒枪,而我自信地用一把口径为九毫米的勃朗宁。

"这几个混蛋和用人都是他的手下,'邻居',我们去见见那个老东西。"独眼侦探说着和我一起踹门。

沃尔夫冈·奥伯迈尔,也叫埃内斯托·施密特或是塞萨尔·布劳恩,总之都是一个人——希特勒的党卫军军官。他正躺在床上,用勺子吃着香瓜。

独眼侦探站在卧室门口,用他仅有的一只眼睛环视走廊和屋内的情况。我一把将这个老纳粹分子从床上揪了起来,这回塞进他嘴里的是枪管,而不是勺子。奥伯迈尔恐惧得睁大了双眼,浑身发抖。他的口水顺着我的勃朗宁枪管淌下,一点也不知道爱惜这件比利时制造的精巧武器。

"听好了,老不死的。你来看看一个人的照片,他非常想知道你的下落。"

我从口袋里掏出一张照片,照片里的男子身着以色列军装,一只手臂上文有几个数字。这个老纳粹看着照片,果然像萨莱姆说的那样差点尿了裤子,嘴里还嘟哝了几句谁也听不懂的话。

"把枪拿出来！没看见这个王八蛋想说话吗？"独眼侦探站在门口和我说。

我揪着那老东西仅剩的几根头发拔出了枪管，而这个老纳粹正抖得像筛糠一样。

"你们是谁？你们想要怎么样？"

"沙漠之子。不过我们很欣赏摩萨德的人。"

"我的家人，我的家人……"他断断续续地说。

"你的家人关我鸟事！你给我听着，立刻给你在卢森堡的手下打电话。你得打破他的美梦了，不过这就是生活。"

奥伯迈尔被拖到了书房。

"你要一字一句地讲清楚。我也要听。小心你说的话，要知道德语是我特长之一。"

他吓得浑身是汗，拨了萨莱姆在拉巴特给我的电话号码。过了几秒钟才听到那边传来带着睡意的德语。

"喂？"

"是我……布劳恩。"

"嗨，布劳恩！有什么事吗？"

我用枪顶着他的另一只耳朵。

"告诉他从向着玛利亚广场那侧的窗户伸出头去,他会看见楼底下有一个在修自行车的人。叫他上楼,让他进去。"

奥伯迈尔乖乖地照办了。电话那边不断地发问,但是顶在老纳粹耳朵上的枪迫使他使用一种命令的口气,要求对方绝对服从。

三分钟后,卢森堡那边说骑自行车的人已经在楼上了。我和来者用西班牙语通话:"来自墨西哥的问候。"

"来自沙漠绿洲的问候。"对方回答说。

我把电话还给奥伯迈尔:"告诉你的人付给来者四十万美元。"

"但是我也只挣到了这么多的一半。"他嘴里喃喃道。

"那还有利息呢?"独眼侦探在门口说。

我的枪顶进了他的耳朵好几厘米,他迫不得已向卢森堡那边做出了命令。几分钟后我再次和图阿雷格人通了话。

"你拿到蛋糕了吗?"

"抹满了奶油,我要去尝尝了。"

"现在,老混蛋,告诉你的同伙陪着那个人到门口,看着他走远再回来接电话。"

五分钟后,卢森堡人回到了电话旁,他不住地问还要做些什么。

"叫他拿本书,随便哪本都行。"

卢森堡人说他桌子上有一本《魔山》。

当卢森堡人开始在电话那头读起托马斯·曼的作品时,正是早上八点。独眼侦探到"邻居"看管着三个保镖和两个女佣的房间,把他们都带了过来。尽管卢森堡人在那头读得一塌糊涂,但仍不失为一场美妙的讲座,一直延续到下午一点。一点零五分,我命令奥伯迈尔挂上电话。我给拉巴特打了个电话。听得出萨莱姆兴奋极了。

"好样的!如果你有机会来这里,我们一定要庆祝一下。"

"没问题,沙漠之子。"

离开之前,我们把三个大汉捆得结结实实,把两个女佣关在卫生间里。惊恐、呵斥和虚弱使奥伯迈尔抖个不停。最后当我们把他捆在椅子上时,他终于壮着胆子问了个问题:"你们会把我交给犹太人吗?"

"我们一向光明磊落。我倒是想要你的脑袋,但这样就会得罪警方。我们不会把你交给犹太人,理由只有一个:你会向他们交代你所知道的所有关于巴勒斯坦人的情况。"

我们走出屋子,上了车。"邻居"念叨着缴获的点四五口径真不错，而独眼侦探倒是很替我们留给那个老纳粹的国际长途话费账单担心。

是的，独眼侦探是我所认识的唯一的一个私人侦探。我想在智利的时候他要是在我身旁该有多好！

飞离布宜诺斯艾利斯的时候，我终于感到累了。正要在这次旅行的结尾舒服地睡上一觉，我突然觉得有人在我肋部捅了一下。我睁开眼睛，原来是邻座的一个胖子。

"怎么啦？"我也不知道自己是醒着还是睡着。

"您看，看啊！"胖子指着窗外回答说。

"什么啊？"我边问边想着是不是飞机的哪个引擎失火了。

"安第斯山脉！我们已经在智利了。"

死胖子，把我的美梦给搅了。我起身离开座位踉跄地走向洗手间。我注视着镜子里的自己。天啊！贝尔蒙特，你离开智利的时候，一根白发都没有；而现在，你看看头发已经是黑白两种颜色了。仿佛一半是你苟延残喘、不堪回首的过去，而另一半是你不如往昔、更加糟糕的现在。

九 智利圣地亚哥：萨克森的胡桃夹子

木制的胡桃夹子从架子的最高处俯视着房间。它张着硕大无比的嘴巴，露出两排形状相似的白牙。上排牙齿与厚厚的紫色嘴唇相连，下排牙齿刻在一根从内部连接着上颌的杠杆终端。杆子从身体中间穿过，在背部伸出了另一端，像个活动的驼峰似的。只要把这根杆子向前一推，下颌就会落到胸部的位置。这时再动一下杆子，这次是向后压，嘴巴就紧闭起来了，此时强有力的下巴可以挤碎胡桃或是放在里面的任何东西。

这个胡桃夹子有四十厘米高，外观是个身形挺立、衣着鲜艳的萨克森①挑灯巡街人。就在盟军一九四五年轰炸摧毁德累斯顿之前，这种挑灯巡街人还随处可见。他大得夸张的脑

---

① 德国东部的一个州，其首府是德累斯顿。

袋上戴着一顶黑色的礼帽，躯干部分画的是一件蓝色的大衣，甚至连纽扣、肩章和镶金边的袖口都描了出来。他穿一条蓝色滚边的白裤子，外加黑色的马刺，这就是他的一身行头了。他右手握着一根顶端镀银的权杖，左手拿着一个六角形的灯笼。礼帽的窄帽檐下露出几绺头发，突兀的鼻子下是一撮德国皇帝式的尖胡子。这就是小木人的人格化的特征。他看上去毫无用处，呆若木鸡。流亡的人都是这样的。

"我把这个大嘴家伙带在了身边。"哈维尔·莫雷拉指着胡桃夹子说。

莫雷拉四十出头，头发稀疏。对方对他的情况了如指掌，因此他若以自己的假身份做掩饰，其意义就和他的头发一样——所剩无几。但是他依然下意识地保持了对纪律的绝对遵守。他其实并不叫哈维尔·莫雷拉，而坐在桌子另一端的人实际上也不叫维那·施洛德斯。生活露出它的面目：人生如戏。

"这是一件展览品。不过在香港已经开始批量生产了。"施洛德斯说。

"于是所有的都成了狗屎。"

"有的人意见正好相反。他们说如果所有的都成了狗屎，就不必离开它原来所在的地方了。"

"戈尔巴乔夫这个狗娘养的。他们太软弱了，我们全都太软弱了。你说呢？"

"我服从组织。我没有想法，没有意见，我既不想什么也不说什么。我只完成任务。"

莫雷拉走到厨房，榨柠檬汁做了几杯开胃酒。他试图从德国人的话语中找到一些乐观向上、鼓舞人心的东西。一个和自己一样的光杆司令独自一人来到智利执行任务，那应该说明还有上级在发布命令，也许最后一颗子弹还没射出。然而这么多像暴风骤雨一样突如其来的事件使得事实沉重得像一块石碑，压得他喘不过气来，看不到一丝希望的曙光。

"维那，你想到来找我了？"

"我赌这一把了，还好结果证明我没错。"

莫雷拉咬了咬嘴唇。他期望听到一句："是的，当然啦，同志。"他在一九八六年时局最坏的时候就来到了智利。那时他们的政党解散了，他唯一要做的就是去街区邮局办理一个信箱，然后复制信箱钥匙，一把寄往古巴，另一把寄给民主德国。四年来他每个星期一和星期四都要雷打不动地查看那个镶在砖墙里的信箱，但是每次都只收到些失意的消息。直到一个下午,确切地说是七天前的下午,一封从柏林寄来的信函使他脉搏狂跳不已。

信封里装的是一份从德文报纸上剪下来的通知:"老鼠吗?请告诉我们您的地址,七天后我们将把您从苦难中解救出来。"信很短,但是对莫雷拉而言,它所包含的信息比一本百科全书还多。

"见到你我很高兴,维那。"

"这得要用你的行动证明。"

莫雷拉端上两杯酒。

"我们为什么干杯吧?为了以前的日子?"

"你还是那么浪漫,莫雷拉,我记得你曾是为数不多的、为各国人民的兄弟情谊干杯的人之一。"

"那是在罗斯托克①,喝的是克里米亚的香槟。"

"有时也喝朗姆酒,我们曾和古巴的陆军武官喝了个痛快。"

"为了以前的日子和可敬的战友!"

"你不可救药了,莫雷拉,干杯!"

---

① 德国东北部城市。

两个人是在二十世纪八十年代初于科特布斯①认识的。当时民主德国的内政部有一大心病：大量服务于斯塔西的特务叛逃到了西方。所有情报都显示，一些拉美人在这次叛逃中扮演了极为关键的角色。

维那·施洛德斯是一名情报官员，在内政部拉美局里他就叫这个名字。他接到此项任务，要去物色一名能在苹果中心去掉蛀虫的老手。

根据哈维尔·莫雷拉的秘密档案，他是一名经得起任何考验的共产主义者。他是共产主义青年团的优秀团员，曾在海军服役。一九七三年军事政变前在智利共产党内的安全机关工作。政变后至一九七五年之间他一直从事地下活动，在智利国内担负着中央的安全工作。一九七七年和一九七九年在保加利亚和古巴接受军事训练。一九七九年底，他作为清洗意识形态的负责人之一赴尼加拉瓜。他的任务就是逮捕随西蒙·玻利瓦尔国际旅进驻该国的托派分子、无政府主义者以及格瓦拉派。

---

① 德国东部城市。

施洛德斯问:"你和谁住在一起?"

"怎么会想起来问这个问题?"

"这套公寓有三间房间,单身一个人住也太大了。"

"火眼金睛!我一个人住。回到智利后我就结婚了,但是没多久就离了。前妻卷走了所有的东西,他妈的,就剩这房子了。"

"我也有同样的经历,这样倒也好。再来一杯吧。"

维那·施洛德斯看着莫雷拉又去榨柠檬汁。在他的一举一动间,维那发现一种察觉得到甚至表面化了的颓废。他已经不再是一九八一年那个可以信赖的人了。当年在东柏林的一幢老楼里,所有的形势报告他听几个小时都纹丝不动,然后收起一捆根本没用的文件立正,敬礼,告辞。

那时的莫雷拉是个能手——"可以高度信任的指挥员"。他像只勤劳的蚂蚁一样穿梭于慕尼黑、汉堡、柏林和莱比锡之间。他参加了无数的拉美聚会、天主教弥撒和新教的礼拜活动。梅塞德斯·索萨、胡安·贝阿斯、因蒂·伊玛尼、派特·齐格斯、基拉帕云和比格雷蒂的唱片他听过几百张。他四处奔走抗议,为了玻利瓦尔,为了智利,为了南非,为了尼加拉瓜,为了萨尔瓦多,为了所有遭受不幸的国家。他参加过反对核武器和工业污染的静坐，遭到了毒打。在同性恋聚会上他和装扮成吉卜赛女人的同性恋们一起跳舞。他吸过土产的大麻，也尝过从阿姆斯特丹买来的印度货。在睡袋里，在硬邦邦的床上，甚至露天，他和无数女人发生过关系。他极尽所能地扮演着一个拉美流亡者。终于在六个月后他找到了迷宫的入口，带着弥诺陶洛斯①的照片返回了柏林。

斯塔西在民主德国内部开始进行疯狂的打击。受牵连的德国人背着私通阶级敌人的罪名被带上了被告席，他们的财产全都被充公，最终还要在监狱里度过下半辈子。而没有来得及逃走的拉美人都被遣送回原籍地。随后莫雷拉接到命令，奔赴法兰克福结束这次行动。

这个组织的头目是一个乌拉圭人，一个经验丰富的图帕马罗军人。他眼看着组织被摧毁，开始仔细查找奸细，最后终于发现了内奸的真实身份。于是他对目前的形势作了一番相当客观的分析。他们会把他交到联邦德国政治警察的手里。他太了解联邦德国是如何与民主德国唱反调的了。到时联邦

---

① 传说弥诺陶洛斯是一只半人半兽的怪物，住在克里特岛上的一个迷宫中。每年，人们要供七个男童和七个女童给它吃。后来忒修斯用一个线团破解了迷宫，斩杀了怪物。

德国人会逼他做出选择：要么为他们充当眼线，要么回乌拉圭，在一座名字匪夷所思的监狱"自由监狱"里老死。他分析得相当准确。他还想到了手中的一张王牌：莫雷拉的真实身份。智利人和民主德国人肯定不希望一个他们已经倾注了金钱、信心和时间的人被毁掉。他看到了与莫雷拉讨价还价的可能性，于是主动约他到一个公共场合见面。他的要求很简单也很直接：他不揭露莫雷拉的破坏行动，也为他的身份保守秘密，条件是两周内不要对他采取行动。这两周时间里他会移居到斯堪的那维亚半岛的某个国家，今后永不离开。在约会地点，就在他思量这些条件的时候，他看见莫雷拉出现在康斯塔普勒瓦赫地铁站的一个入口。但是他没看见也没想到，与此同时一个库尔德斯坦工人党的党徒突然出现，一把将他推到了地铁车轨上。

"和我说说你吧，莫雷拉，你都干了些什么？"

"苟延残喘，吃喝拉撒睡，整天都是一样，我完了。"

"组织没有钱吗？"

"组织？！你也认识那个在柏林给我们做担保人的人吧，一个指挥官，对苏联和民主德国深有研究。现在他拥有一家运输公司。我只见过他一次，那时去拜访他，想请他帮帮我，他却和我念叨了一串什么市场经济的理论：'凭空创造出就业机会是不可能的。我理解你的处境，但我不是基督教的慈善组织。我们以前都搞错了。现在，去你妈的饥饿，在我打电话叫警察之前请离开我的办公室。'组织?！你想知道我的工作吗？我是个管家，听上去很好，不过不是为哪位勋爵做管家——我是个托儿所的管家。每个早上我要清扫炉子，把它点着，检查每个秋千是不是结实，以免小孩摔着，打扫滑梯，修理那些矮小的桌椅，拉起窗帘，把奶瓶收到一起，看看有没有落下的小剪刀。到了下午把脏兮兮的尿布收到一起。组织?！头两年我还靠着从民主德国寄来的那点少得可怜的钱过日子，后来就全靠我老婆了。我还要为信箱付租金，偶尔接待个像你这样的客人就要花掉我好几个星期的生活费。组织?！以前那些当官的现在都一个个飞黄腾达了。有一次我去求他们找份工作，你知道他们问我什么吗？'你懂些什么?'我的特长：地缘政治学、历史辩证唯物主义、战争心理学、破坏技能、反侦察学、冯·克劳塞维兹的军事理论、胡志明理论、阿尔及尔革命史和跆拳道。妈的，我连当清洁工都不配。组织?！已经不存在了！俄国人一九八五年后就断绝了对我们的资助，以后一切都完了。对现在的当权者来说像我这样的人是可怜的冒险家、灾难的发起人和悲剧的罪魁祸首。组织?! 干杯吧!"

"胡扯,莫雷拉。我从来不认为世道会变成这样。

"全都是骗局。我再去倒几杯?"

"不用了,你还有酒?"

"只有劣质酒了。"

莫雷拉去了洗手间。在拧开固定镜子的螺丝时,他看见了镜子里的自己,感到一阵惭愧。他像是个已经绝望的家伙,几乎失去控制了。像他这种状态还能干什么呢?一堆废渣。他取下镜子,用一把钳子挪开挡在密室口的砖头。

回到屋里之前,他擦了一把脸。他把一包用毛巾裹着的东西放在桌上,放心地吐了一口气。他还不算是在穷途末路上,还有机会试试。

维那打开包裹。

"你认为我还能回柏林吗?"

"口径九毫米的左轮枪。真是把好枪。唉,这根钢管是个什么鬼东西?"

"本国技术。一个消音器。早在一九七三年之前我们就开始生产了。其实也很简单:内部焊有螺线形防震垫的钢管取代了一般枪管上的槽线。这样可以消去百分之八十的爆炸声。套在枪管上,虽然是固定的,但是射击时最好一只手扶住消音器,以免后坐力把它震歪了。"

"真了不起,这样就行了?"

"我从来不骗你,维那,回答我的问题。"

"柏林,你就甭想了。你不知道什么叫阴魂不散吗?记得你的人大有人在。到时候,随便哪个人告密你就完了。"

"但总会有帮我的人。"

"忘了他们吧,他们相互揭发。这是一种生存方式,要知道我们德国人是这方面的佼佼者。'二战'结束后,邻居之间为了一块巧克力或是香烟相互出卖。现在还是这样,为的是电视机、汽车、去托雷莫利诺斯①度假的机会或是工作。"

"我不相信。我们有成千上万的战友。我亲眼看见过他们高举着拳头和火把,身着FDJ②的蓝色制服一队队行进。我也在现场。那些人不可能这么轻易地颠覆现实。"

---

① 西班牙著名的海滨旅游胜地。
② 自由德国青少年的缩写,1946年成立的十四岁以上的青少年组织。在1989年德国统一之前,自由德国青少年是民主德国唯一的青少年组织,和原民主德国的主要党派德国统一社会党有密切关系。

"这些都已经不存在了。现在我们是前民主德国人,不是吗?四十多年来我们吃的是猪狗食,穿得像叫花子,恶疾缠身,养的孩子也呆小弱智。但这一切都已经结束了。他们把我们放入带空调的子宫里,我们的脐带连着一听可口可乐,随后把我们从奔驰的阴道里排出。赞美上帝!莫雷拉,我们重生啦!"

"你在和我开玩笑,维那。你以为我是白痴吗?你在煽动我,你在试探我。我可不是傻瓜!你来这里是有目的的,维那。你已经保存了邮箱的钥匙,你来是为了完成一项任务,而你需要我的帮助,像以前一样。"

"一点也不错。你检查过枪吗?"

"好用得很。组织还想着我,对吗?"

"你是我们在大西洋彼岸的同志。把我的眼睛蒙起来,像以前一样。"

莫雷拉照他说的做了。蒙上后为了确保严实,莫雷拉做了个出拳的动作,拳头几乎贴到了德国人的脸,他却什么反应也没有。

"卸了它,莫雷拉。"

莫雷拉准确地取下弹夹,松开保险栓,一只手接住弹簧,拆下枪膛，几秒钟内一把手枪就变成了一堆让人伤脑筋的零件。

"维那，预备，开始。"

"莫雷拉，计时。"

德国人的双手在机械、飞速、准确地运作。每一根手指都相互协调，顶住或推着一个部件。他一秒钟也没耽误直至把枪装成原来的样子，并上了一颗子弹。

"时间。"

"一分零五秒，不错啊，维那。"

"老啦！以前我向来都在一分钟内完成的。看看你做得怎么样。"

"我需要一个机会。困在一个地方会使我发疯。我从来没有出过错，你知道的，维那。"

德国人蒙上他的眼睛，也试了一下他是否什么都看不见，然后盯着他说："一个指挥官应该可以克服任何情况。发疯？根本没有理由，莫雷拉。"

"我知道，所以我很害怕。"

"我有件事交给你，莫雷拉，你要做一次远行。不，不，你不用取下手绢。我想看看你是不是还在状态。"

"我早就料到了。一看到你装枪的速度我就知道他们不会让我歇着的。你要好好地卸下零件。这种游戏我可向来都做得最好。"

但是弗兰克·加林斯基并没有卸枪。相反他装上南美制造的消音器朝蒙着手绢的人头部开了一枪。

这一枪打在莫雷拉两眼之间,他连人带椅子仰面倒了下去。躺在地上的他终于摘下了蒙在眼前的手绢。但是从那个角度他根本看不见坐在桌子另一端的德国人。他唯一看得见的只有萨克森胡桃夹子一脸谄媚的样子。

十　火地岛：秘密

老头解开他肥大的蓝色灯笼裤，脱掉上半截，坐在床上，再让格丽赛尔达帮他全部脱下来。他一抬眼就看见了刚刚换过的锌合金天花板被屋子中央的电灯映得明晃晃的。女人问他是不是换上睡袍，老头说这样就好。他身上长长的衬裤和法兰绒上衣已被汗水的浸湿，衣服和人都灰蓬蓬的。他平躺在床上，嗓子里含混不清地冒出一声嘟哝，岁月已经使他分不清生活的苦乐。

"您觉得不舒服吗？堂·弗朗兹。"女人问。

"只是有点累，有什么要紧的，老婆子？"

"那都是因为您太固执了。您非要在夏末给房子换顶，还不让别人帮忙。我到现在都搞不明白您为什么那么做。以前那个芒草的屋顶比这个强多了。现在到了冬天准得冻死。"

"胡说八道。就快下雪了。一定会很暖和的。爱斯基摩人住在冰做的屋子里。您①知道爱斯基摩人吗？您知道什么啊，笨老婆子。"

"您真是个狂人，所有的外国人都是这样。盖好被子，那儿都露出来了。"

"要不是你缝的扣子，我那玩意儿还露不出来呢。这不是我的错。如果那玩意儿你不喜欢，你就看别的地方好了，老婆子。有什么吃的？"

"鸡汤。晚饭不宜吃太油腻的东西，阿基雷说过的。"

"放屁！什么烂汤，那个兽医知道什么啊？我要吃肉，知道不？那儿不是有排骨吗？哈辛托送来的长角的羊叫什么来着？"

"山羊，堂·弗朗兹。哈辛托拿来的是山羊。这么多年了，您的西班牙语还不利索，真令人不可思议。"

"我西班牙语比你说得好，老婆子。给我做些烤肉，放点音乐，音量要大。"

"随您的便。我这就去给您烤一块'长角的羊'，不过到

---

① 由于说话人的西班牙语水平有限，所使用的您和你的人称比较混乱。

时候您可别喊不舒服。"

老弗朗兹躺在床上,看着格丽赛尔达掀开盖在留声机上的绣花布,支起木制挡盖,摇动磁电发动机的摇把,再从柜子里拿出一摞唱片,从中选出老头爱听的。唱针落在唱片上,先是发出一阵噪声,仿佛有无数大大小小的啮齿激烈地撕扯,想打开时间的大门。这阵杂音之后便传来一个忧郁、低沉的男声,唱的歌与其说是进行曲,还不如说更像一支令人陶醉在沙龙舞会中的舞曲。格丽赛尔达一个字也听不懂,但是她感觉得出这首忧伤的曲子激起了老头对故土的无限深情。每次听它,她都觉得这仿佛是出海水手的歌声。

女人生起炉子。她用一把短柄铲把炭火分成两小堆,上面架上铁箅子。随后她走出屋子,秋高气爽的夜空下,她先向保佑着海中亡魂的星空画了个十字,然后从挂在铁丝下晾干的羊排上切下一大块肉。回到屋里后,她把肉放在铁箅子上,撒上盐块和香料干调味。这时老头在床上冲她喊,要把肉烤好一点,给他端一杯酒,再把唱片翻个面。

格丽赛尔达烤好了肉,只见老头正闭着眼睛,露出一副从未有过的得意劲儿。

"烤肉准备好了,您过来吃吧。"

"您端过来,我要在床上吃。"

"那样会把床弄脏的,堂·弗朗兹。"

"您不把它放到我床上,你就上来。怎么样,老婆子?"

"别说粗话,堂·弗朗兹,我马上就离开这儿。"

"开开玩笑,老婆子,我那玩意儿现在只能尿尿了,有时尿尿都有困难了。请把烤肉和酒给我。"

老头食欲很旺,狼吞虎咽的,几口就干掉了焦黄的羊排。他也不顾格丽赛尔达责备的眼光,若无其事地用被子擦干净油乎乎的手。连喝三杯后老头又嚷嚷着叫女人给他倒了一杯并且再换一下唱片。他有些醉了。

格丽赛尔达全依他的。她摇几下摇把,翻了一下唱片,往炉火里加几根木柴,转身走到老头身边。老头正在跟着唱片哼:"午夜十二点在莱博车站①……你知道这是谁唱的吗,老婆子?"

"我上哪儿去知道啊,堂·弗朗兹。"

"汉斯·阿尔贝斯。就和卡利托斯·加尔德尔差不多,女人们为他痴狂。"

---

① 原文为德文。

"那歌里唱的是什么，堂·弗朗兹？"

"唱的是汉堡的一条街，那里的妓女比绵羊还多。美妙的街，多美妙的街啊！"

"您可真够古怪的，堂·弗朗兹。总说些下流的话，您以后最好不要喝酒了。"

"开玩笑而已，笨老婆子，你也来喝一点。我们来聊聊，您再给我说说你儿子和你说过的。"

"还说？我都和您讲了二十遍了。"

"没关系。再说一遍，我的老鹦鹉。"

格丽赛尔达整平围裙。她喝了一小口酒，又一次讲给老头听：她儿子工作的彭塔阿雷那斯邮局来过一个外国人，打听五号信箱在什么地方。那个外国人还问起一个叫希耶曼或是哈尔曼的人，总之她也不清楚。

"是希耶尔曼，聋老婆子，希耶尔曼。"

"大概是吧。我们这儿的人都是西班牙语的名字。您为什么这么担心呢？那个外地人没说他的名字。我儿子回答说他认识不少这儿的外国人，但没有一个叫这个名字的。"

"唱片，笨老婆子。"

格丽赛尔达又去换唱片，然后到壁炉前在炭火上烧了壶水。她趁着换马黛茶的工夫，回头看了一下。老头又平躺下了，正欣赏着明亮的新屋顶。

格丽赛尔达想，外国佬真是古怪，给家里安了个牲口圈的顶。老头向她示意酒杯空了。

"老婆子，外面冷吗？"

"冷起来了。海水是深蓝色的，今天我还看见两只大雁往北飞。"

"老婆子，您认识我多少年啦？"

"二十年吧？或者更长些？那时我刚刚守寡，您到锯木厂修机器我们才认识的。二十多年啦，差也差不多。"

"你听着，老婆子，请不要争论，如果哪天我死了，我所有的财产、房子、羊群、土地都是你的，全都是你的。波维尼尔的公证人知道，阿基雷医生也知道。你可不要让别人抢走了，笨老婆子。我的马给你儿子，你根本不会照料那匹可怜的瘦马，要是跟着你它非饿死不可。你只给它喝清汤。您懂了吗？"

"别说这些，堂·弗朗兹。这会不吉利的。"

"您不要插嘴！一切全都是你的。但我有一个条件：你决不能卖掉或拆毁我的房子，也不许给房子换顶。它就是我的纪念碑。你死了以后，让你儿子继承它，他会知道怎么做的。"

"您让我心惊胆战，堂·弗朗兹。我可不想您有什么见不得人的秘密。可别像彭塔阿雷那斯的那位绅士瓦尔特·劳夫先生那样。来了好多人强行要把他抓走。听说那些都是犹太人，他们是坐潜艇来的，还出了人命呢。"

"但是他们没有逮到他。可惜。"

老头叫女人再把唱片翻一下。他倚在床边，点着了烟斗，笑着品味丹麦雪茄的香辣味。格丽赛尔达一只手帮他接着，并且偷偷地往烟里加一丁点马粪。与所有的帕塔戈尼亚人和火地岛人一样，格丽赛尔达认为马粪具有防治风湿的神奇功效。所以她不是往老头的烟里加马粪，就是往马黛茶里加。

抽着烟，老头定定地望着陪了他二十多年的家当。大部分东西，包括这栋房子都是他白手起家的，耗费了他的心血和构思。他这栋宽敞的房子是利用一艘撞在卡梅伦角[①]礁石上的美国帆船建成的。船体用的都是上等的俄勒冈木材。密封严实的船体接板做墙，经受过各地海水冲刷的光滑的船舷

---

① 卡梅伦角，位于智利最南端的麦哲伦-智利南极大区。

做地板，居所的面积有七十多平方米。正门朝向西南，遥望因乌第尔湾，后门冲着东北，是博科隆高原。他用这艘遇难帆船的甲板围起了屋子的间壁墙，用光滑的石头砌成一个高高的壁炉，活像是一匹在冰天雪地里依然扬起脖子为冬天欢呼的马儿。屋外一条挨着苹果树的木板路通向厕所。这是当地最好的屋子之一，现在又装了一个闪闪发光的锌合金屋顶。老头露出了微笑，他感到在即将和它们说再见的时候没有丝毫痛苦。

"孬种，你们来吧。你们离要找的东西已经很近了，但是你们休想得手。因为你们只会在旮旯里嗅来嗅去。"他用自己的母语喃喃着，一回头看见老太婆坐在椅子上打盹："格丽赛尔达？"

她没作声，手插在裙兜里已经睡着了。是的，他认识她已经二十年或更多年头了。他还记得那时自己厌倦了在纳瓦里诺岛的渔夫生活，那笔装在一个黄铜盒子里的财富他藏匿了太久，如今只能成为他的负担。于是他决定去火地岛的贝尔加拉湖木锯木厂做个技工。

在火地岛从来没人问东问西的。到这个世界尽头的外国人都是为了躲避他人，躲避某些事情，甚至是躲避自我。在这个纬度上没有过去。

他在锯木厂住了两年，那里既有在逃犯，也有大有来头的人。直到有一天，他在因乌第尔湾发现了那艘帆船的残骸，他想到是时候盖自己的家了。

那时有人对他说一个人生活太孤独了，就给他介绍了格丽赛尔达，阿贝尔·埃切维里亚的寡妻。她的亡夫生前是一名潜水员，一个不幸的人。一天早上他从阿尔米兰塔斯高海峡下水采贝，三个月后才在三十海里外浮出水面，尸体上还裹着半吨冰。尼尔森，一位驾驶着"菲尼斯特雷"号小艇在各大洋漂流的传奇老人发现了他。尼尔森和他的助手，一个叫佩德罗·奇科的大高个把死者拖上小船，驶回努埃沃港。那时正值严冬，他们就用那块天然的冰棺埋葬了埃切维利亚。

老弗朗兹费了好几年的工夫才打动坚持寡居的格丽赛尔达，终于在一个短暂的夏夜钻进了女人的被子。就在此刻，两人才发现彼此都沉浸在太多的往事中，无话可说，唯一能做的是设法构筑起新的记忆。他们如此尝试之后却产生了更厚重的隔阂。随着时间的流逝，他们决定保持一名单身外国人和一名家庭主妇之间的关系，女人自始至终都对他以"您"相称。

"格丽赛尔达,老婆子。"

"是的,堂·弗朗兹……对不起,我好像睡着了。"

"真是的,您看见了我那玩意,想钻到我床上。"

"您真是不可理喻,堂·弗朗兹。我最好还是走人。明天我会给您换床单被罩的,您自己瞧瞧都油成什么样了。"

"外面冷吗?"

"我已经跟您说过了,海水颜色变了。说不准哪天晚上就下霜了。"

"可怜的大鸟。"

"大鸟?什么大鸟?"

"那些猛禽。我在路上看见过两只。我换屋顶的时候又见过几只。它们可能是要飞走过冬的。"

"水我已经给您煮上了,马黛茶也加好了。"

女人穿上一件厚厚的彭丘,戴上一顶羊毛帽子,边和老头道晚安边往壁炉里添了些柴,最后随手关上了门。

老头听见格丽赛尔达的狗兴奋的叫声。他下了床,走到窗户前,想再看看那个骑着温顺的母马远去的身影,但是玻璃里只有他疲惫的身影。

汉斯·希耶尔曼又倒了一杯酒。他披了一件外套,拖了一张椅子坐到壁炉前。从外套衣兜里他掏出一封七天前收到的信。他最后读了一次,把信扔到了火里。

"他们来了,乌尔里希。谢谢你通知我。我不知道他们有多少人,但是他们来了。干杯!多遗憾啊,乌尔里希,你没能尝到智利的葡萄酒,它就像德国的黑夜一样令人回味无穷。干杯,兄弟!我等了你四十多年。我本可以熔化这些金币或是按重量卖掉它们,但是我要等你,相信你一定会在某个清晨出现在我眼前。我们要是能在麦哲伦海峡喝着酒,边聊边把这些没用的财富往海里扔,那该有多好!那是个美丽的梦,乌尔里希,很美好。但是有一点可以肯定,猫或许能从肉户那里偷走一块牛肉,但绝对偷不走一整头牛。干杯,乌尔里希!以你的名义,让那帮狗娘养的见鬼去。"

汉斯·希耶尔曼站了起来,走到放着烟和酒的架子前,拿起一杆双筒猎枪和几颗子弹。然后走到留声机旁,摇了几下摇把,换好唱片。

"午夜十二点在莱博车站……"他哼着哼着就不出声了。因为这时他右手食指扣动了扳机。汉斯·阿尔贝斯还在独自哼唱,几滴血溅在锌合金的屋顶上。

十一 智利圣地亚哥：生活的变化

上午九点，太阳炙烤着圣地亚哥机场。是的，我在世界各地流浪了十六年之后又踩在了智利的土地上。为什么当初你不和我一起走呢？维洛妮卡。为什么没有女巫卖给我们能预知未来的神油？为什么这样一种被称为因果却又让人无法理解的狂潮横亘在我们的爱情之间，使我们相隔万里？为什么我以前那么傻？为什么？

"贝尔蒙特，胡安·贝尔蒙特。"海关出口的一个官员边看着我的护照边说。

"是的。这是我的名字。怎么了？"

"没什么。我们现在实行的是民主制度。没什么。"

"那么……"

"您和一位著名的斗牛士有相同的名字，你知道吗？"

"不，我第一次听说。"

"您该了解了解，贝尔蒙特是个伟大的斗牛士。好家伙，您可有不少年头没回智利了。"

"是的。我习惯于旅行，世界上到处都有好玩的地方。"

"我不想知道您在外国做了些什么和您当年离开的原因，但我要无偿给您一条忠告：现在的智利已经不再是当年的那个国家了。全都变了，变好了，所以您不要制造麻烦。我们现在是民主制度，大家生活得很幸福。"

这个家伙说得有理。智利是民主制度国家。他没有说智利恢复了民主制度，没有。智利"是"民主制度国家，这好比说她在一条正确的轨道上，但是任何问题都可能把她引上歧途。

也许这个家伙本人就曾在监狱里供职。在官方从不承认、根本无法考证的牢房里，无数男女老少受到了审讯。他们不是被捕的，也无从知道是什么人。因为当民主制度要在智利立足，它首先要的是报酬，而支付给它的钞票名叫遗忘。

这个主动告诫我不要滋事的家伙说不定就是强暴维洛妮卡的凶徒之一。我的爱人，他们践踏了你的身体和心灵，现在却正在享受着胜利者的平静。因为他们赢了，我的爱人，他们大模大样地赢了我们。我们输了，我们是为了正义而战，可是他们连这些安慰都不给我们。我现在不能拧断这个狗娘养的脖子，于是我决定以最快的速度离开这里。

根据克拉默的安排，我从海关一出来就得直奔国内航班的售票口。我办理好飞往彭塔阿雷那斯的机票。现在我还有两小时，于是我存上手提箱，走出候机厅去暖和暖和。

一个松柏林立的公园环抱着机场。我随手买了一份报纸，找了个阴凉的位子坐了下来。我看看太阳，回头朝向南方。维洛妮卡就在那个方向。我甚至庆幸口袋里揣着飞往彭塔阿雷那斯的机票。因为与她相逢是我朝思暮想的，却也让我提心吊胆。

我翻开报纸，新闻里讲的是智利足球队面临困难、出口额在增长、在海滨浴场消夏的游客兴高采烈等。文中的照片很显眼，照片上的每个人都面带笑容，他们是未来政府的成员。我认出了几个前左翼领导人，他们个个都西装领带，衣着光鲜。对此我无所谓，但是如果说他们还不能让我激动的话，那么当我看见另一张照片——一个男人睁着双眼，眉心有一个弹孔，我就再也坐不住了。

关于这宗案件的报道是："在乌勒塔科斯大街一二〇幢三门C室发现了毙命家中的博尼法西奥·普拉多·西富恩斯

特。死者现年四十五岁,已婚,无固定职业。普拉多·西富恩斯特是在受到近距离射击后死亡的。根据凶案小组的调查结果,与死者分居的妻子玛尔西娅·桑多瓦尔发现尸体时,普拉多·西富恩斯特已经死去四十八小时。据死者邻居向警方提供的线索,死者家中不曾有过激烈的打斗声和枪响。普拉多·西富恩斯特曾在圣米歇尔大街的卢塞罗托儿所当过管家。他的同事说他是一个性格内向的人……"

生活怎么这么会捉弄人啊!多少年来我都一直想找到这个只知道其代号为"高乔"的混蛋。"高乔指挥官"!现在我刚回智利不到半个小时,一份报纸就把这个头部中弹的家伙和他的身份亮在了我面前。

我是二十世纪八十年代初在尼加拉瓜以一种最糟糕的方式认识他的。

当时我们西蒙·玻利瓦尔旅的国际战士收到消息,将有一队智利人和阿根廷人来补充兵力,他们都曾在古巴、苏联或是别的社会主义国家的军事院校中受过训练。推翻索莫查政权的最后一枪一结束,他们就到尼加拉瓜开始进行意识形态的清洗。我们可不怕这伙人,也不把他们放在心上,这大概是受尼加拉瓜人"身正不怕影子歪"的当地文化感染的。没有和我们一起出生入死的人不配入伙。但是他们的看法显然和我们不一样。

一九八〇年一月的一个晚上，五个蒙面人在离我的驻地不远的地方劫持了我。我只要稍做争辩就会被他们用枪托猛砸。这些崭新的卡拉什尼科夫枪却从来没在反对索莫查的战斗中派上用场。我记得在失去知觉之前，他们把我塞进一辆吉普车，就这样把我带走了。等我再次睁开眼睛的时候，我已在一间空荡荡的屋子里，遍体鳞伤，一丝不挂。他们轮番折磨我，还保持适当的间歇，使我不致昏过去。那帮混蛋对这些很拿手。他们知道受害者被击倒四五次后就会失去时间概念，因而不知道自己身在何处。不过我很熟悉这间审讯的房间。这个时候高乔出场了。

他命令众人把我按在椅子上，双手绑在椅子前腿上。这种姿势并不好受，因为一个家伙揪住了我的头发，使我根本没法弯下身去。高乔坐在我面前，没有蒙面。

"看清楚了，我是高乔指挥官，我们要进行一次长谈。姓名，国籍？"

"纵队指挥官伊万·莱瓦，尼加拉瓜人。"

"你放屁。你叫胡安·贝尔蒙特，智利人。"

"纵队指挥官伊万·莱瓦,尼加拉瓜人。你的人有我的资料。"

"我拿去擦屁股了!你是智利人,混入革命队伍伺机破坏革命进程。你是美国中央情报局的特工。"

"你有证据吗?如果你想打我,你就叫你的人带我到别的地方去。我知道这个房间。我知道我们在哪里:地下掩体。革命胜利后我们也在这里收拾过几个内奸。你懂我在说什么吗?这里有过一次叛变。"

毒打持续了两个星期,罪名逐步降了级:从中情局特工到叛乱分子,后来成了托派分子、无政府主义者。最后我的罪过是我曾在玻利瓦尔同恰托·佩雷多①一起打过仗。在地下掩体关了三个星期后,我幸运地被一名桑地诺阵线的军官看见:"老兄!你怎么在这儿,出什么事了?"

"去问高乔吧。"

他为我松绑并把那群穿制服的混蛋教训了一番。那些爪牙全都立正,单拳紧握贴在胸前向他致敬。我们走在马那瓜

---

① 恰托·佩雷多,玻利维亚人,20世纪60、70年代参加过游击战,领导了进攻特奥彭特的战斗。

喧闹的大街上，桑地诺阵线的军官告诉我高乔是干什么的："他们对西蒙·玻利瓦尔旅的同志用尽了一切手段。缴械、逮捕、审讯，总之，全按他们那一套来。这个旅已经不存在了，老兄。我们也很遗憾，但是政治是一门谈判的艺术，古巴人有他们的要求。你是明白的。"

我明白。因此，我必须放弃我刚刚取得的尼加拉瓜国籍和身份，重新做智利人，重新叫胡安·贝尔蒙特，并离开中美洲，至少我还可以这样做。别的人就没那么走运了，他们消失在了阿根廷、巴拉圭、乌拉圭的地牢里。因为高乔把他们遣送回了原籍。

我开始为高乔的被杀感到快活，但是报纸上的一个细节引起了我的注意。在脸部特写的照片旁另有一张照片，整具尸体倒在椅子上。

他两脚间有一个架子，架子最上一层有一件东西让我觉得很眼熟。

照片上的远景有些模糊。我返回机场大楼，径直走向售报亭。我兴奋地看见有放大镜出售，就买了一副。于是放大了的图像使我认出了那个模糊的影子：一个木制的胡桃夹子，一个地道的萨克森胡桃夹子。

真讨厌！只要有什么东西让我讨厌，我的神经就会紧张起来。

报纸上说高乔两年前在一家托儿所工作。那就是说他在独裁时代就回到智利了。在一九八〇年的时候他是个富有经验、战绩卓著的年轻干将。他在尼加拉瓜的工作完成后，组织把他派到了一个斗争尖锐的国家。高乔在尼加拉瓜的表现足以让他赢得一枚奖章，而可以这样做的只会是科特布斯——军事间谍学校。那个萨克森胡桃夹子更是向我证明了高乔曾在科特布斯。于是我产生了越来越多的疑问，如果高乔曾经去过科特布斯，他会认识少校吗？他是少校在智利的人？如果这些猜想都是正确的，那么高乔之死就预示着克拉默和我都没有料想到的困难。

"我想换一班飞往彭塔阿雷那斯的航班。"我对服务台的小姐说。

"您想要什么时候的班次，先生？"

"明天或者后天。"

"我会为您预定的，贝尔蒙特先生。但是如果您不打算乘飞机的话，请您在飞机起飞前几小时退票。"

"谢谢，非常感谢。"

"不客气,我们现在实行的是民主制度。"

圣地亚哥,多么丑陋的一个城市。十二点钟的太阳像上刑似的烘着大地。我在中心干道这一站下车,走出地铁站不远处就是乌勒塔科斯街。我不知道要去高乔家找什么,但我自信可以找到某些东西。楼前有一家工厂,几个穿蓝色工作服的工人聚在一家冷饮店里。我上前要了一份冰激凌。

"他妈的,太热了。"一个小个子叫道。他让我想起了佩德罗·德巴尔迪维亚。

"就是,比烤箱里还热。"我接了一句,自己都没想到居然又能操起智利口音。

"还他妈的要工作。"小个子说。

"必须工作。"

"是啊,那您呢?您是干哪一行的?"

"我是一家家具厂的收款员。我在等住在对面楼上的顾客。"

"这里?您和那个人约在哪里啊?"

"就在这儿。这儿一个警察也看不见,真是奇怪啊。"

"有的。他们留了两个人,不过这个时候正在街角的酒吧里吃午饭呢。"

我一步两个台阶地跨上楼梯。三楼C室的门没有锁，警察用来封锁现场的塑料带仿佛可以起到保护的作用。我走了进去。我首先看到的是画在地上的高乔尸体的印迹。我直接走向架子，拿起萨克森胡桃夹子，翻过来一看。上面有一行德文的标记：**奖给莫雷拉同志，柏林，一九八五年十一月七日**。莫雷拉同志，我赢了。他就是用这个身份在德国活动的吗？我想起了布尔什维克革命的纪念日。我在房间里四处乱找却不知道要找什么。我突然觉得自己真是太蠢了。我想，来吧，贝尔蒙特，暗室会在哪里？

我用一块毛巾裹住拳头，打碎了洗手间的镜子。找到那块松动的砖块并不难。在密室里我找到了一个用来清理九毫米口径枪筒的小棒、一听润滑油和一把标有"智利邮局二七二二"的钥匙。

我镇静地离开现场。看来两个警察中午美餐了一顿。

来到中心大道和乌勒塔科斯街的交汇处时，我想现在只要跳上地铁，五分钟就可以到安娜太太家了。维洛妮卡会有反应吗？会的，我的爱人，她会如同从一个沉沉的睡梦中醒来一样。她会问我许多问题吗？我回答得了吗？我一只手攥着钥匙，走进一家餐馆。

"您想点些什么？"侍者招呼我说。

"菜单。有些什么菜？"

"玉米饼、沙拉、烤肉加薯片、葡萄酒和水。"

"烤肉。"

"对不起，这是一份套餐，甜点是另外的。"

飞行了这么多个小时后我并不觉得累，而且特别有胃口，这让我很吃惊。"好啊，贝尔蒙特，看样子你还是个智利人。"我边切着烤肉边对自己说。

"高乔""莫雷拉"或者别的什么化名，一定在某个街区的邮局租了一个信箱，但不会是他住的那个区，也不会是工作的那个区。藏在暗室里的钥匙说明了这个邮箱的重要性。应该是一个比较大的邮局，但又不会在市中心。付账时我要了一份电话号码簿，查了一下圣地亚哥市众多邮局的资料。

我选择了位于商业区的马塔街邮局，一无所获。钥匙没有用。中央市场邮局，也不行。真有你的，高乔。我花了三个小时才找到那家邮局，它和一个政府机构、一家银行和一个商务中心在同一幢楼里。

我打开邮箱，里头空无一物。我打量了一下这里的员工，决定这回用一次骗术。我走向一位上了年纪的老职员:"先生,抱歉打扰一下。新来的那位小姐叫什么名字?"

"哪一位?有两个都是新来的,金发的那一个吗?"

"不,另一个。"

"啊,杰奎琳。她叫杰奎琳。"

"谢谢。我给忘了,谢谢。"

"是的,她刚来没几天……"

谢天谢地,这里的员工上班时必须佩戴写有自己姓名的牌子。

我凑到了杰奎琳·加蒂卡工作的那个窗口,继续这个骗局:"小姐,您能帮个忙吗?"

"请讲,先生。"

"我在这里有个信箱。我正在等一封从德国来的信,是我兄弟的,您知道吗?信里有很重要的文件。奇怪的是昨天我和我兄弟通电话的时候,他告诉我信在两个星期前就寄出了。这是怎么回事?"

"您叫什么名字?"

"博尼法西奥·普拉多·西富恩斯特,二七二二号。"

加蒂卡站起来,去查一本厚厚的册子。她在某页上记了些东西后回到了座位:"信已经到了,普拉多先生。九天前我们放在您的信箱里了。是从柏林亚历山大广场寄出的,发信人姓名缩写是W.S.。"

"怎么回事?也许是我妻子拿走了,忘了给我。"

"应该是这样的,普拉多先生。"

对我来说,圣地亚哥城在很多方面都发生了变化。有些变化是令我高兴的,地铁站里安装了许多公用电话就是一点。智利下午五点,汉堡晚上九点。克拉默在等我午夜时分从火地岛给他打电话。我提前了。

"贝尔蒙特?进展怎么样?你现在哪儿?"

"我想是毫无头绪。我在圣地亚哥。"

"搞什么鬼?"

"听着,克拉默,我想利用一下你和警方的交情,让他们查一下一个姓名缩写是W.S.的家伙。我想他可能是少校的人。"

"好吧。去找一家宾馆,然后立即给我打电话。"

德国警察的电脑资料搜索是极为高效的。晚上八点,我在圣卢西亚饭店接到克拉默的电话。听得出瘸腿老头很高兴:"贝尔蒙特?棒极了!"

"快告诉我。"

"W.S.，维那·施洛德斯。这是他在民主德国科特布斯基地的化名。他的真名叫弗兰克·加林斯基，我们知道的还不止这些：四天前他飞往智利的圣地亚哥。明天你就去火地岛。再晚就来不及了。"

"但是有一个问题，克拉默。"

"什么？"

"这家伙有一支口径九毫米的手枪。"

"不可能，没人能在汉莎公司的航班上携带武器。"

"他在这儿买的，还杀了卖主。"

"我们是有交易在先的，贝尔蒙特。明天你要从南方给我打电话。"

"我会完成我们的协议，克拉默，但是我要用我的方式。"

我看着夜幕降临圣地亚哥。维洛妮卡就在附近，非常近，我的爱人。我害怕见到她，但渐渐地我不再感到害怕。我现在不能将你拥入怀中是因为这次可恶的行动像瘟疫一样使我无法脱身，我一旦涉入就必须完成这次行动；也因为这次行动让我看见了一条原本已经忘掉的道路，维洛妮卡，我的爱人，顺着这条路我要重返过去的我，那个你爱着的我。

第三部

……只有傻瓜才会把生命之外的东西当成头等大事。

——马西奥·素萨《玛德·玛丽娅》结尾

十二　火地岛：最后的告别

格丽赛尔达坐在壁炉旁，右边是死者。她身边还坐着阿基雷医生和她儿子哈辛托。屋子另一头齐刷刷地坐着客栈主人曼苏尔和他的哑妻安娜、阉牲匠桑托斯·雷德斯马、加尔韦斯警官和布赖斯警员，他们俩来这里是为了维护公共秩序的。

到场的每个人都对格丽赛尔达表达了深切的同情。起初老太太听着很不自在，因为她和老弗朗兹未婚同居之类毫无根据的流言听起来真有那么回事似的，不过听着听着她倒也觉得自然了。毕竟，这辈子她还没有正式守过灵，没有为死者主持一次仪式。她丈夫安葬的时候，她连他的样子都没看到，因为潜水服和厚重的冰块将他俩阻隔在两个世界。

"我真不懂他为什么这么做。几天前我看见他时，他还在给房子换顶。我自告奋勇要帮他，他却说有些事情应该由一个男人独立完成。他那时看起来还很好。我真不懂，但是我很尊敬他。"桑托斯·雷德斯马说。

"他最近情绪很差吗?"曼苏尔问。

"不,就在他……之前我还和他在一起。他想吃烤羊肉,我就给他做了。他还喝了几杯酒,听他喜欢的音乐。在我走之前他还和我开玩笑。"格丽赛尔达抽泣着说。

"很抱歉,但是把自己脑袋打飞可不是基督徒应有的行为。"布赖斯警员发表了他的意见。

"但是必须是勇敢的人才能这么做。"加尔韦斯警官纠正他说。

"我们还是换个话题吧?"阿基雷医生建议道。

"你说得对,医生。来,哑女。"

曼苏尔和他妻子走到壁炉旁。格丽赛尔达想起身,却被曼苏尔一把扶住了。

哑女拢了拢炭火,在上面架上一口锅,锅里倒上油。油热了后,她把包好的包子放进锅里,一个一个地煎。包子馅里没有肉,只有洋葱,这是火地岛守灵时一道必不可少的风俗。

他们都倾着身体吃包子,避免包子里的浓汁滴到衣服上。曼苏尔负责倒酒,大家传着杯子。

"您可真会做包子,曼苏尔。"加尔韦斯警官说。

"馅是我做的，但关键是揉面的功夫，这都是哑女做的。"曼苏尔插嘴道，边说边拍了拍妻子。

"您的手可真巧，夫人。"布赖斯警员夸道。

哑女用疑问的眼光看着曼苏尔。

"他说你的手真巧。"

哑女笑了，赶忙又去煎包子。

"敬亡魂一杯，愿他在地下安息。"

全体都正襟危坐，默默地举起了手里的杯子。

哈辛托和阿基雷医生走出了屋子。天空一片深蓝，一队向北飞的大雁吸引了他们的目光。他俩一直走到一个小山头，在那儿可以远远地看见整个因乌第尔湾。

"大海的颜色变了，又是一个冬天。"医生说。

"遗嘱是怎么回事？我还是不懂。"

"很简单。老头把你母亲作为他所有财产的合法继承人。房子、田地、牲口，所有的财产。但是遗嘱中有一条特别条款：你母亲不能卖掉房子，也不能对它作任何变动。"

"多长时间内？"

"一辈子。但是如果哪一天格丽赛尔达不在了，继承者就是你，你可以爱干什么就干什么。"

"开什么玩笑。我一向不喜欢那个老头。我总觉得他是个骗子，一个想霸占我妈的人。我去彭塔阿雷那斯就是因为我受不了关于我妈和他的风言风语。现在继承他的财产就等于把我妈变成他名正言顺的寡妻了。如果他真的那么爱我妈，为什么不和她结婚？"

"你真是个傻瓜，哈辛托。在你母亲和老头之间有一种深厚美好的东西名叫友谊。他们俩有真挚的友谊，这比爱情要有意思得多。"

他们回到屋子时看见除了警察的两匹马又多拴了一匹马。这是牧师的瘦马。和警察的两匹骏马一比，它看上去像是个谢了顶的侏儒。

牧师尝了两个包子后赞不绝口，又喝了一杯酒，这才戴上领带，走到死者身旁祈祷："以圣父、圣子和圣灵的名义，我宽恕你所有的罪过，弗朗兹老兄。我们对你了解不多，也许你一生中的许多事情我们可能永远无从得知，但是上帝已经安排好人世间一切都充满了秘密。你犯了最大的罪孽，你用你的双手夺去了只有上帝才能决定的生命。但是我宽恕你，上帝从来都不注意火地岛。阿门。"

十三　火地岛：不速之客

一踏上彭塔阿雷那斯的土地，我就感激起了佩德罗·德巴尔迪维亚，幸亏他给了我羽绒服。尽管太阳当头，但是它的热量都被冰冷而且带着咸味的海风吹跑了。阵风像刀割一样扫过树木和万物。

我没费什么劲就找到了船坞，接着轻松地找到了"五个人和一只骨灰盒"酒吧。我从来没有来过这座南方城市，但是在汉堡的时候就听很多人说过"五个人和一只骨灰盒"是水手歇脚最好的地方之一。

一进门我就感到屋中央燃烧着的炭炉的温暖，闻到厨房里飘出的炖羊肉的诱人香味。木制的光洁吧台很长，后面摆放着许多量筒、等高仪、罗盘、三角旗等航海用具。

"炖羊肉还要等一会儿才好。"侍者对我说。

"我可以等一会儿。"

"不喝点酒?"

"给我来点能暖身子的。"

"那么来一大杯朗姆酒吧。"

十多个人围坐在几张桌子旁。他们在谈论海产品的价格,咒骂着那些日本渔船。我端着一杯烧酒坐在一张空桌旁。一个健壮的家伙转过身对我说:"玩玩摸三张,伙计?我们三缺一。"

"有人请午饭。"另一个穿着一身油亮的采油工作服的人插嘴道。

"对不起,很抱歉。我一直都想学,但是一直没机会。"

"好吧。如果您愿意边学边输就坐过来。"大个子说。

我凑到他们的桌子旁。第三个人叼着烟斗,开始洗牌。

我一直想学学玩三张,不过这次是真的不想学了。生活就是这样。

"我有一个朋友是玩三张的老手。他打得很好。"我说。

"巴塔戈尼亚人还是火地岛人?"大个子问。

"就是这里人,彭塔阿雷那斯的。"我回答。

"那就是巴塔戈尼亚人。我可以问问您朋友叫什么名字吗?"叼烟斗的又问。

"卡诺。卡洛斯·卡诺。您认识他吗？"

"卡诺。'南方珍珠'号的船老大。"

"就是他。知不知道他在哪里？"

"那您知道他愿意我们去找他吗？"穿工作服的问。

"我赌一顿午饭，他见到我会高兴的。"

"我加注。如果他不高兴，我们要赔上一副新的假牙了。"大个子人同意了。

穿工作服的那个人说半小时后回来，随后就出门了。另两个人请我喝他们的葡萄酒。

"我们又变成三个人了。我们玩多米诺骨牌？"叼烟斗的建议道。

我们玩起了多米诺骨牌。我感到他们在用余光看着我。我使出最好的本领玩牌，同时思量着卡诺见到我会有什么反应。

卡洛斯·卡诺，我很少碰见像他那么幽默的人。即使在最危急的关头他也能讲出笑话来。卡诺是总统武装卫队里唯一的火地岛人，他和他的战友们都属于效忠于已故总统萨尔瓦多·阿连德的私人卫队。大家又叫他雅甘或是金阪的海难者，他的冷峻和他故乡的气候一样。作为总统卫队的一员,他参加了一九七三年九月十一日发生在莫内达宫的激战。几乎所有与阿连德一起战斗的队员都牺牲了,卡诺装死捡回一条命。他中了两枪,躺在牺牲的战友身旁,屏住了呼吸。他目睹了政变军官是如何开枪打死受伤的战士。但是他逃出了地狱。他等远离了圣地亚哥市中心,就跳下了运尸车。他跌跌撞撞,虚弱无力地到了圣华金工业区,当时那里还没有被政变的部队控制。

在那里,一位医生为他检查之后感到不可思议:"你腹部和肩部各中一枪。"

"没错,我也射中了他们好几枪。"他回答。

卡诺于一九七三年十一月离开智利去了阿根廷。他的政治生涯处处碰壁,先是阿根廷游击队和哥伦比亚人民武装力量的失败,最后在尼加拉瓜遭受了西蒙·玻利瓦尔旅的覆灭。我最后一次见到他是一九八五年在马尔默。他操纵着一艘小船从哥本哈根驶来。

"一年之内我就会离开。我已经攒足了钱买艘船,一艘大船。"我们喝着啤酒,他对我说。

"回智利?"

"是的，但是去智利很南的地方。我永不越过麦哲伦海峡到北岸去。"

"过去的那些事呢？"

"让一切统统都去见鬼吧，只留下我这个不速之客就行了。"

五年后又见到他一次，但那是在电视上。他在靠近南极的水域给几个寻宝的德国人掌舵。

穿工作服的人先走进酒吧，手指了指我。卡诺随后进来了。他看见我，眨了眨眼睛，然后他示意我到吧台去。

"不可能。无论如何，我的反应是不可能。"他说。

"你要是不高兴我可就得请这三个人吃一顿了。"

"给我来杯酒。你来干什么，贝尔蒙特？"

"我遵纪守法，纯粹是来处理一桩公务的。"

"你怎么找到我的？"

"我没忘记你在马尔默和我说的话，后来我在德国的电视上看见你。半小时前我对这些朋友说出你的名字。很简单。"

"你来找我是因为我受人尊重？得了吧，别胡扯了。"

"说来话长。我们找个地方坐下来？"

"好吧。但你可别忘了你在和一个不速之客说话。"

三个玩牌的人大嚼着我请他们吃的炖羊肉,卡诺和我远远地坐在另一张桌子旁。如同所有从败仗里撤出来的老兵一样,我们没有谈论过去的经历,只是彼此庆幸现在都还活着。

我向他解释了我远道而来的原因、克拉默的交易、金币的历史、高乔之死以及可能会另有他人在追查财宝的下落,最后我和他讲了维洛妮卡的事情。

"这样的事不止一件。我很难过,贝尔蒙特,我真的很难过。"

"我懂。我需要你的帮助。"

"我要是能帮上忙一定帮你,虽然我对那个德国人有些好感。我也希望找到高乔,和他算清尼加拉瓜那笔账。"

"你熟悉地形。你也许可以帮我赢得时间。"

"或许吧。火地岛很大,贝尔蒙特,而且到处都有秘密,你的故事也证明了这一点。"

"我们这位朋友弗朗兹·斯塔尔应该七十出头,在五号信箱收信。你听说过吗?"

"一点点。这个邮政点在努埃沃港和特雷斯比斯塔斯之间。"

"听起来像天方夜谭,怎么说?"

"努埃沃港是一个小渔港，过去以捕鲸为主，但是自从日本人把鲸鱼都捕光之后，那里的人就搞起了海产品加工，有二十多户人家。特雷斯比斯塔斯离努埃沃港有五十多公里，那里路边落脚的地方只有两户人家：一家是杂货店，另一家是旅馆。我认识旅馆的老板。他是个北方人，叫曼苏尔。根据你讲的情况我推断德国人更有可能住在特雷斯比斯塔斯附近，因为努埃沃港那里有一家邮局。我有个主意，贝尔蒙特，再给我来点酒，让我想象力更丰富些。"

我们离开了"五个人和一只骨灰盒"酒吧，在去麦哲伦海峡航运指挥部的路上，卡诺自豪地向我说起了他的"南方珍珠"号，他花了在斯堪的那维亚攒下的积蓄买了这艘三桅帆船。冬天它停靠在彭塔阿雷那斯波涛起伏的码头上，夏天就会载着游客去合恩角观光。

"我还会去寻宝。我已经找到了不少西班牙火枪。所有废铜烂铁都能向博物馆卖个好价钱。总有一天我会找到弗朗西斯·德雷克①的宝藏。"

---

① 弗朗西斯·德雷克（1540—1596），英国著名的海盗、探险家和航海家。

"听起来挺不错的,可惜少了女人。"

"谁说的?夏天我是有伴的。我老婆是个潜水员,在北方过冬,在阿里卡①教游客在温水里潜水。这样更好,再没有什么比一瓶白兰地和一套西默农②全集陪我过冬更好的了。你要是早来两天就能见到她了。她叫妮尔达,和大雁一起去世界另一头了。瞧,一群鸟。冬天到了,哥们儿。"

到了公司大楼里,卡诺对保安说要见某人。这个人一定是个人物,否则保安也不会如此彬彬有礼地接待我们。等了大约有五分钟,保安带我们来到一个与众不同的房间。桃花心木的书房里坐着一个人,他一看见卡诺就立刻起身迎了上来:"卡利托斯③!见到你真是惊喜。"

"这是我的朋友胡安·贝尔蒙特。贝尔蒙特,这是马尔切诺先生,麦哲伦石油公司的老总。"

"胡安·贝尔蒙特。您知道您和一位斗牛士同名吗?"他边握手边对我说。

"是吗?我第一次听说。"

---

① 智利地名。
② 乔治·西默农(1903—1989),法国推理小说作家。
③ 卡利托斯是卡洛斯的昵称。

介绍过双方后，卡诺说我是一家保险公司的代理人，要处理一桩财产事宜。他接着说我从德国来要找一位名叫弗朗兹·斯塔尔的人，可是我只有他的邮政地址。马尔切诺表示要找的人只要在火地岛上是房主的话就很容易。他离开了几分钟，回来时拿着一张地图，在桌上摊开："这是火地岛的西南海岸，弗朗兹·斯塔尔的土地距特雷斯比斯塔斯有十五公里。到那里需要一部越野车或是一匹马。我能为您做些什么吗？贝尔蒙特先生。"

"不用了。您已经做得够多了，谢谢。"

"胡安·贝尔蒙特。和著名的斗牛士同名一定令人振奋。智利姓贝尔蒙特的人不多，姓我们这个姓就更少了。"告辞的时候马尔切诺说。

"大概在这个国家交好运才能姓贝尔蒙特吧。"

我得到了我所需要的情报，离开了公司。卡诺笑了。我们向港口走去。

"他对姓贝尔蒙特的人印象不错。"

"没什么城府，这家伙是什么人？"

"马尔切诺人不坏，就是个十足的傻瓜，夏天会给我指派些旅客。"

"那个马尔切诺的亲戚？"

"他弟弟。他知道我以前是总统卫队的，这里的人都知道，我他妈的没有隐私，他还算客气。他的哥哥还在军队里，现在是上校了。很多酷刑的受害者都指认他了，但就是动不了他。"

"民主的代价！我真难相信自己会回智利，我就是不愿和这类货色打交道。他们明明知道所发生的一切，却从未稍加收敛，反而千方百计地维护他们肮脏的勾当。我猜他现在摇身一变成了一个民主的斗士。民主的代价令我恶心。"

"是这样的，但这是个相对的代价。现在，几乎天天听说与某桩酷刑或失踪案有关的官员当街被乱枪打死的。这个国家还是有正义的。"

"这个国家关我屁事，卡诺，关我屁事。你还没说我们要去哪儿呢。"

"上船。我送你去海峡对岸。你现在是'南方珍珠'号的客人。"

我们乘船渡过平静的海峡。卡诺的帆船披荆斩浪，顺风而行。除了卡诺，船上还有两名船员。从指挥舱里我看着他们自信地操纵着桅杆，他们的话都不多。忽然间我嫉妒起卡诺的生活了。卡诺十分信任两个水手，他们两个又非常放心卡诺掌舵。他们三个可以去他们想去的地方，可以实现自己的目标，能得到这样享受的人为数不多。

我们花了两个小时穿越海峡。当我们到努埃沃港因乌第尔湾的码头时，已经是黄昏了。卡诺命令两个船员把一辆摩托车推到岸上。

"好了，你到了，贝尔蒙特。摩托已经加满了油。你知道你要做什么。从这儿到特雷斯比斯塔斯要一个小时。替我向曼苏尔问好，他会告诉你怎么去找德国人的。"

"谢谢你，卡诺。我这里结束后会乘船回特雷斯比斯塔斯，再把摩托还给你。再见。"

我发动了摩托，一部马力强劲的跃野车。我刚戴上头盔，听见卡诺从船上向我喊："贝尔蒙特，看一下工具箱，在座椅下面。"

我掀起坐垫，在几把钥匙下有一把型号七六五的勃朗宁。我举起手向卡诺致谢。

"赤膊上阵可不好。"他从船弦上喊。

几分钟后我把努埃沃港抛在了身后。在草原间延伸的公路像是一支箭，我向着箭簇前进。

十四　火地岛：太阳落山

加林斯基辗转跋涉终于来到了山顶。他卧在草丛中边休息边观察山下的房子。

从柏林到法兰克福，从法兰克福到圣地亚哥，再到彭塔阿雷那斯，最后穿越海峡。他现在来到了这里，距离目标只有五百米。他打开背包，取出一块巧克力慢慢地嚼了起来。然后他打开一瓶矿泉水喝了几口，点上一支烟。抽着烟，他盘算着，一切都比原先设想的要难得多。出现了无法预料的因素，原先没有想到的事情现在不可避免了。唯一的办法就是直面这些困难，他要重新估计一下形势。

可怜的莫雷拉，他起初是想让这家伙做他的帮手，让他行动，自己在幕后策划。毕竟一个智利人不会太惹眼，但是他发现莫雷拉变成了一个神经质的家伙，这种人根本靠不住。当向他双眼之间开枪时，加林斯基就料到下面他一个人行动会遇到的困难了。特别是要知道希耶尔曼现在使用的伪装身份，他至少要问别人。他不知道去问谁，但是火地岛上也有不少德国移民，有时候同胞之间问个事很方便。当他从彭塔阿雷那斯给少校打电话的时候一切担心都被打消了。

"开头很顺利。但是没人认识希耶尔曼，没人用这个名字收信。"加林斯基说。

"这很正常。我们这位收藏者叫弗朗兹·斯塔尔，一个原住民的名字。你满意了吧？"

"真令人兴奋！谢谢你的信息。"

少校还是那么有办法。加林斯基躺在草地上，他没有问少校是怎么得到这个情报的，他在琢磨少校是怎么做的。

"事情是这样的：乌尔里希·海尔姆，虽然是个残废，却把我们耍得团团转，可以说他什么也没有招供，反倒在问我们。他回答的时候东拉西扯，使我们没有问到最关键的地方：希耶尔曼现在的身份。但他也明白这迟早要被揭穿的。于是他怎么做的？他从我们手里逃走了两次，第一次是在大街上假装心肌梗塞，第二次是在医院里割脉自尽。这样忠诚的一个人不会让朋友置身险境而不通知他的……对，就是这样：写信。通过某种方式把信从医院寄出。余下的问题就是和医生或者护士谈谈了。"

加林斯基搓了搓胳膊。他想站起来，舒展一下腿脚，因为他开始觉得冷了。他打了一个呵欠，立即给了自己一个耳光。他在想，晚上从波维尼尔赶到特雷斯比斯塔斯可能确实不是个好主意。

他在波韦尼尔租了一辆陆虎越野车。租车人告诉他从那儿到特雷斯比斯塔斯并不难，并指给他去他的朋友弗朗兹·斯塔尔家的路："要五六个小时。带上一大桶备用汽油就够你回来的了。"

午夜时分，加林斯基出发了。满月为他照亮了孤独的公路，几乎不用开车灯。他有些紧张，但同时也很兴奋。他觉得自己要保持必需的沉着以确保胜利完成任务。

路很难走，到处都坑坑洼洼的。月光照耀下的前方单调乏味，黑洞洞一片，偶尔长有几株灌木。但是加林斯基旅行了两万公里不是为了来火地岛观光的。陆虎的速度很慢，加林斯基必须避开路面上非常大的坑和摸不准有多深的水洼。就这样他迎来了黎明的第一丝曙光。月亮依然挂在天上，仿佛不放心太阳会从大西洋里升起来。加林斯基专注地开他的车。他关掉了车灯。他一门心思地开车，却忽略了停在电线杆顶端的鸟儿充满敌意地盯着他。他也没有看见大批大批的水鹭天一亮就往西北方向飞去。那些飞鸟是从远方飞来的，和加林斯基一样远，甚至比他还远，他们从马尔维纳斯群岛或是南乔治亚飞来，去不伦瑞亚半岛的北部寻找港湾的庇护。

六点多一点，他停下车来。特雷斯比斯塔斯到了。这个地方和租车时人们告诉他的一样：两幢房子面对面，各在公路一边，似乎非要做出街道的感觉不可。

他先去敲旅店的门，没人答应。他又去了杂货店，一个老人既和气又有些不安地接待了他。

"我这里只能提供马黛茶和饼干给您。"老人招呼他。

"我不饿。我来找一位住在附近的朋友。"

"所有的人都出门了。我不知道他们去了哪儿。他们可能对我说过，但我忘了。我什么都不记得了。阿基雷说这是因为上了年纪。我给您杀一只鸡？"

"我的朋友叫弗朗兹·斯塔尔。您懂吗？是个德国人。"

"我可能认识他。谁知道呢，现在我不记得了。如果您不喜欢吃鸡，我们就宰头羊，但这就要您帮忙了。我没那么大劲儿。"

"这里还有别人吗?"

"没有。我说了他们都出去了。"

"都有谁?"

"我女婿曼苏尔,我的哑巴女儿,阿基雷医生和阉牲匠。"

"去哪儿了?"

"谁啊?"

"曼苏尔,阉牲匠,您女儿。"

"我不记得了。他们走的时候和我说:'我们走了,你别瞎搞啊。'我本来是知道的,但是给忘了。我们宰头羊吧?"

加林斯基一把揪住老人的衣领,使劲地摇晃他,直到听见了老人的呻吟声中还夹着骨头咔嚓的响声。他看老人快撑不住了:"听着,老不死的。弗朗兹·斯塔尔,德国人。去他家怎么走?弗朗兹·斯塔尔。弗朗兹·斯塔尔。跟着我说。"

"弗朗兹……松开我,混蛋。我现在想起来了。"

"说,去弗朗兹·斯塔尔家怎么走?"

"您有马吗?去那儿得骑马。"

"我有。去弗朗兹·斯塔尔家怎么走?"

"沿着这条路一直走到邮政点,在那儿拐进大草原,到一条河的尽头就是他家了。您的马在哪儿？"

"听着，白痴，去德国人的家我要沿着公路走到邮政点，然后进入大草原，再到河边，是这样吗？"

"您既然知道干吗还问一遍，蠢蛋。羊怎么办？"

加林斯基松开老人，任他在一旁嘀嘀咕咕地骂他不帮着宰羊。他走到越野车旁，拿出当地的地图，摊在座椅上。这个老头说的可能是真的。他看见公路旁标着的邮政点。往南是一小片草原，然后是海。北部有个图标可能代表一条小溪或一条河。上游是发源于博克龙山麓的蜿蜒曲折的的支那河。另外还有几个代表沿河分布的牧场的标记。河流末端的一个小圈应该就是他要找的地方了。老人用胳膊碰了他一下："我现在想起来了。"

"想起来怎么去德国人家？"

"他们奔丧去了。全都奔丧去了。"

"为谁奔丧？"

"您的德国朋友。我很难过。"

老人站在路中央，挥了挥手。他咳嗽了几下，看着汽车在一团尾气中远去。

在山顶上，加林斯基开始做起了放松运动。他活动了一下脚趾，深呼吸，再活动一下手指。然后反复活动小腿、大腿、臀部和腹部的肌肉。最后他觉得恢复了原来的状态，可以暂时忘记在草地里趴了七个小时的劳累。

他是六点半离开特雷斯比斯塔斯的。快八点的时候他看到了路边的邮筒，进入了草原。穿越草原到河边是一段极为艰难的旅程。轮子在草地上直打滑，好几次他都差点失去了控制。到了河边他就弃车步行了，再往前车根本没法开了。于是他背起背包，一路急行直到上午九点半。河从山前流过，他就在山顶上观察山脚下的房子。从房子到山丘大约有五百多米长的草原。

看来特雷斯比斯塔斯的老头真的是想起来了。从山顶上加林斯基用望远镜观察房子的情况。房子外有九匹马，其中有两匹无论是个头还是毛色都比别的马要强。这是两匹良种马，而另外七匹个头矮，棕毛少。他查看摆在廊檐下的椅子，其中两把椅子上放着交叉的卡宾枪的徽章，那是智利的警徽。过了一会儿他看见两个穿制服的人陪着一个头发花白的老人在屋外小溜了一圈。另外八个人都出来了，他们走过苹果树旁的一条木板路去了与房子分开的另一间小屋后，又陆续回来了。有两个女的。加林斯基在草地上摆了八根火柴来记录屋里人员进出的情况。

太阳落入了太平洋。加林斯基又吃了一块巧克力。

他心想，生活多奇怪，"我来这里就是为了干掉一个人，可结果他已经死了。发生了什么事情？老年病？出了意外？还是他收到了他忠实的朋友乌尔里希·海尔姆的通知，心脏病发作了？"

加林斯基所观察到的一切使他确定了房主的身份。他用望远镜观察这幢木屋，目光停留在窗户的设计上。所有的窗户全都隔成了三层，装饰着大卫的两颗星星和一个基督十字。对故乡的思念或是习惯的驱动正好暴露了汉斯·希耶尔曼的身份。这个房子就像是贝格多夫的库尔斯拉克或是易北河畔的任何一座建筑。唯独闪闪发光的屋顶不符合整体的风格。

弗朗克·加林斯基看着太阳像个大火球似的沉入西方。他估计太阳的余辉还能照两个小时。加林斯基不住地想这帮人还要为死鬼做什么。他从背包里取出一个睡袋。他钻进睡袋一直裹到头，手里还握着望远镜。加林斯基好似一条大虫子在观察太阳的位置，其实他一直盯着从屋里出来的两个人，他们走了一百多米，在地上挖了一个方方正正的坑。

十五　火地岛：南方的长夜

特雷斯比斯塔斯仅有的两幢房子看上去仿佛是竖在路中间的一个针眼。夜幕降临的时候我到了这里。两座屋子都是木制的，芒草的屋顶使它们瞧上去像是正在栖息的动物。其中一幢房子外贴着猴子牌茴芹豆的广告，猴子屁股正下方有一个黑色的招牌："应有尽有的杂货店"。而另一幢房子有一块并不怎么起眼的牌子，上面写着"曼苏尔旅店"。两幢房子都漆黑一片。我按了几声喇叭，然后停下了发动机。只见一个老头从杂货店里提着一盏灯，探出身来。

"都不在家，这里没人。"他边说边上下打量着我。

"您就是人啊，老人家。"

"请进吧。您要是想买点什么自己看着点价格。他们都要我别乱掺和，不让我插手生意的事。"

我满腹疑惑地跟着他，看起来和这个老人讲话可不怎么容易。他打开杂货店的门,请我坐了下来。货架和箱子里摆放着许多香料、咖啡、马黛茶和雪茄等,各种各样的气味都飘荡在屋里,飘荡在农具、锅碗瓢盆、水桶和鞍辔之间。老人端给我一大杯马黛茶。

"您饿吗?您要是饿的话我就杀只鸡给您吃,都是我养的。要不来块羊排?"

"马黛茶就够了。谢谢,老人家,我是来找个德国人的……"

"我们每个人都在生命中寻找某物,我也找过。但我不知道是什么。我忘了,我什么都忘了。阿基雷说我不该吃肉。"

"阿基雷是谁?"

"阿基雷?他是医生。他会治羊的疥疮和牛的口蹄疫。他有时也给人看病。您为什么找那个德国人?"

"您认识他吗?我受人委托找他,是件非常紧急的事情。"

"谁知道呢?也许我认识。现在我不记得了。请等等我的女婿,他谁都认识。"

"您女婿去哪儿了?您能给他打个电话吗?"

"他出去了,全都出去了。但他们会回来的。您耐心等会儿。"

"您知道他们去了哪儿吗?"

"他们和我说过的，但是我忘了。我都和您说过了，我全都忘了。有煮熟的鸡蛋，您来两个吗？"

只见老人去了隔壁一间房间，不一会儿端着一个托盘回来了。托盘里摆着煮鸡蛋，看上去像大理石似的长面包和高乔人吃的硬饼干。他请我上桌吃点东西。柜台上摆着几瓶阿根廷葡萄酒。我拿了一瓶，走到桌边。

"吃吧。我没听见马的声音，您把它放在哪儿了？"

"我是开摩托车来的，您知道摩托车吗？"

"娘们儿气的东西，男人向来是骑马的。"

"老人家，请帮个忙。我要找的德国人叫弗朗兹，他就住在附近。您认识他吗？"

"我不记得了。我认识不少德国人，有好人也有坏蛋。这就是生活。如果全世界都是好人的话，那就没意思了。我也认识不少美国佬和克罗地亚人。北部海湾有许多克罗地亚人，我可不喜欢他们。"

"您喝杯酒，老人家。弗朗兹·斯塔尔，弗朗兹，或许有人叫他弗朗西斯科。"

"弗朗西斯科是一位酋长，弗朗西斯科·卡尔福库拉，这个我记得。以前在这一带还看得见印第安人，但是现在已经绝迹了，被美国佬杀光了。这群混蛋。克罗地亚人也屠杀过印第安人。所以说我不喜欢他们。他们还吃野兔。他们有那么多羊肉，可偏偏和这些小动物过不去。您玩摸三张吗？等我女婿和医生回来了，我们就能凑一桌了。"

这个老头的记忆就像万花筒的镜片一样是放射状的，要想理顺可真不是件容易的事。听着他的絮叨，我想到了你，维洛妮卡，我的爱人。你是不是也是这个样子？你的沉默是否源于任何人都无法拼凑完整的支离破碎的世界？但是这个老人至少还会说话，而你，我的爱人，难道已经失去了言语的能力？

我品尝着那瓶烈酒，这时我听见由远及近传来的犬吠声和马蹄声。老人又打开好几盏灯。

首先进屋的是一个体格健壮的大汉，他身后是一个小个子的女人，有着一双明亮的眼睛。随后进来的一个人头发花白，戴着一副玳瑁镜框、镜片厚重的眼镜。他们全都奇怪地看着我。

"他吃了几个鸡蛋，喝了两瓶酒。"老人说。

"好的，岳父。你去睡觉吧。"大汉回答说。

"您就是曼苏尔，旅店的主人？"

"是的。旅店和杂货店都是我的。您找我？"

"卡洛斯·卡诺介绍我来的。他说您能帮我。"

"那您呢，怎么称呼？"

"巴尔蒙特，胡安·巴尔蒙特。"

"和斗牛士同名。我是罗慕阿尔多·阿基雷，庸医一个。"戴眼镜的人自我介绍说。

"安娜，我妻子。她是个哑巴，但是听力没问题，说话时只要大点声就行了。"曼苏尔和我握手的时候说。

"我来找一个德国人，他叫弗朗兹·斯塔尔。哪位认识他吗？"

这几个人面面相觑地看了看。曼苏尔用胳膊抵了一下他妻子，她去了隔壁一间屋。

"您来晚了，老兄。医生，您和这位朋友说吧，我要去卸鞍。"

罗慕阿尔多·阿基雷拿了三只杯子，坐到桌子旁。他递给我一支烟，倒上酒，先是摇了摇头，开腔了："我猜您是从德国来的吧？"

"我们有话直说好了，医生，您怎么知道的？"

"我也不知道，我是猜的。您要找的弗朗兹·斯塔尔已经死了。几个小时前我们刚为他举行了葬礼。他用猎枪打烂了自己的脑袋。"

加林斯基的名字我差点脱口而出。我来晚了。利用猎枪很容易制造成自杀的样子。

"这是什么时候的事？"

"昨天晚上。最近几天他的行为很反常。是您在彭塔阿雷那斯邮局打听一个叫哈尔曼或希尔曼的人吗？"

"不，但我想我知道是谁在打听。他行为反常……还有什么？"

"就这些，没有了。有很多话要说的人应该是您。"曼苏尔从门外走进来说。

安娜也加入了进来。她麻利地切好了羊油、面包和腊肉，特别是那种硬邦邦的马肉干我几乎都快忘了是什么味道了。曼苏尔又开了一瓶酒。我觉得自己像是在等候陪审团的裁定，我试图用一些合适的话语向他们描述他们刚刚埋葬的那个人。就在此刻，某种力量——这种神秘的力量是那些生前历尽艰辛的人所特有的——告诉我德国人的死亡恰恰是他打出了一张制胜的王牌。他可以用讽刺的眼光看着克拉默、上校、加林斯基、高乔和所有想要抓住他的人。也正是这种难以用语言表达的东西使我察觉到,死者生前已经接到了他的同伴的通知,那就是乌尔里希·海尔姆——这段历史中命运更加悲惨的另一个主人公。于是我向众人揭示了弗朗兹·斯塔尔的真实身份,接着我按照时间的先后顺序讲述了两个反法西斯主义者梦想在火地岛的自由乌托邦式生活,并最终毅然虎口拔牙的前后经过。

大家全都静静地听我讲,只有偶尔传来老人的呼噜声——他坚持留在桌子旁。每一个人都沉浸在这段友谊的故事中,它的忠诚经受了所有的考验并且完好如初,哪怕是最可怕的考验:时间。

"我们从未见过一克金子。他的家产都是他双手创造,劳动得来的。"阿基雷感叹说。

"六十三枚金币?"曼苏尔难以置信地问。

"每一枚十盎司,它们的价值无法估量。一定被藏在某个地方了。"我补充说。

"我可不感兴趣。在这里我们安居乐业,您说呢,医生?"曼苏尔问。

"我喜欢传奇。这些金币又是一个传奇。火地岛到处都是不为人知的宝藏,再多一个而已。"

安娜拍了拍桌子，然后盯着曼苏尔打起了手语。她的目光闪烁，每一个手势都带着一股无可争辩的架势。曼苏尔同意地点了点头。

"我想哑女是有道理的。这些金子将带来不幸，首先是弗朗兹的死。必须在它引发一场瘟疫前找到它。她想知道是谁在彭塔阿雷那斯打听弗朗兹的。"

我和他们讲了我已经了解到的有关加林斯基的情况，以及他在圣地亚哥留下的线索。

"两条人命。"阿基雷说。

"三条，别忘了乌尔里希·海尔姆。我和哑女想法一致。这些金币只会带来连环的罪恶。好啦，我已经和你们说了我所知道的一切，现在我想了解一下希耶尔曼，或者按你们的习惯称呼的弗朗兹，他死亡的一切细节。"

"自从他得知有人打听他，当然这是我们现在才知道的，他就变得很古怪。"阿基雷说，"我们大家都是朋友，这里的人都很尊敬他。大约在四天前，他突然找到我，请我帮他立一份遗嘱，把他所有的财产都留给了格丽赛尔达，一个照顾了他二十多年生活的寡妇。我依照他说的写下了遗嘱，并签字当了证人，然后把所有的文件都寄往波韦尼尔。这是我最后一次见到他。知道情况更多的是格丽赛尔达，她昨天晚上和他在一起待到很晚。和平时一样，她给他做了些吃的，大约十点离开了他家。据她讲，她走的时候老头还很好，只是吃饭的时候喝了几杯，有些兴奋。她走了有一公里，出于女人的直觉突然掉头往回走。在离他家很近的地方，格丽赛尔达听见了枪声。她进门时他已经死了，猎枪还夹在双腿间。我检查过尸体，可以肯定的确是自杀。格丽赛尔达骑马直接到我这儿来通知我们这个不幸的消息。还有什么呢？我们立刻出发，天还没亮的时候我们就赶到了弗朗兹家。昨晚还有雷德斯马，他是一名阉牲匠，经常在各个牧场间奔忙。我们派他去了努埃沃港报警，再后来就来了两个警察。"

"我得去死者家里一趟。能帮帮我吗？"

"当然。请等到天亮，然后我们一起出发，马儿需要休息一小时。"曼苏尔说，但他突然打住了，因为此刻我们听见屋外传来一阵疾驰的马蹄声。

曼苏尔出了门。

"医生，是格丽赛尔达的马。"他在屋外喊。

安娜双手捂住了嘴。

"妈的！格丽赛尔达一个人在那里。"阿基雷说。

我们全都站了起来，老人被吵醒了。

"老弗朗兹，您也要去老弗朗兹那儿！别打我，我告诉你怎么走。"他一边痛苦地说，一边寻求埃特尔维那的保护。

"冷静点，老人家，你在做梦。"阿基雷说。

"不，另一个问我弗朗兹家在哪儿的人打了我。现在我想起来了。别让他打我。"

"那个人什么时候打的你，老人家？想一想，什么时候？"

"不知道。他开着一辆绿色的车，没骑马。"

我们出了门。曼苏尔抱怨马儿跑不动了。阿基雷提了一盏灯，我们开始一起认路。很快我们找到了轮胎印和加林斯基留下的明显遗迹：在路边有一个德国生产的莱瓦斯烟盒。

"怎么走？"我坐在摩托车上问。

"到了邮政点向右转，然后一直走到一条小溪旁。一个小时后我们去找你。"阿基雷说。

当我来到竖在木桩上的邮筒时，天已经开始发亮了。驶出公路前我停下车，打开坐垫，取出勃朗宁枪。子弹上膛的声音是潘帕草原听见的第一丝生命的响声。

十六　火地岛：狭路相逢

陆虎越野车在潘帕的芒草丛里留下了清晰无比的车印。我顺着车印全速前进直到山脚下。加林斯基并没有把车隐藏起来，他过分自信了，甚至把租车的文件随便放在驾驶室里。文件上有他姓名的完整拼写。我掀起汽车发动机盖，拔掉了所有的导线，然后往山上前进。

摩托车在泥泞的山路上打滑，根本开不起来，而强劲的发动机一直在迫使车身抖动不停。我觉得自己像是第七骑兵队[①]中的一员，在悲剧即将上演的关键时刻被召唤来阻止其发生的复仇者。当还有四十多米就到达山顶的时候，我突然意识到自己真是愚蠢至极：如果我还开着发动机，马达的声音

[①] 第七骑兵队，乔治·阿姆斯特朗·卡斯特将军率领的队伍，在美国内战时期功勋卓著。后来在与印第安人作战时全军覆没。

会提醒加林斯基的。

我开始徒步攀登。没有云朵的天空上有几只黑色的鸟儿飞成一圈。在距离山顶几米的地方我卧倒在草丛中,匍匐爬向山顶。晨光照亮了锌合金的屋顶。我决定绕过去从另一侧下山,使得我总是处在背光的位置上。

当我来到一个竖着木十字架的坟头前时,我发现我衣服的羽绒正在一点点地往外掉。佩德罗·德巴尔迪维亚的羽绒服经不起匍匐前进时的摩擦,肘部磨破了。我又欠下小个子一个人情。在十字架上有一个名字:弗朗兹·斯塔尔。再向前几米,我看见的东西迫使我拔出了勃朗宁:那是两条死狗,是被一个枪法精湛的人干掉的,因为两条狗都是头部中枪被击毙的。

"好吧,贝尔蒙特,是时候表现一下你还有点用处了。"我边说边绕到房子的后门。我带着满身灰尘和掉个不停的羽绒进了门。我以为会找到一具头部中了好几枪的尸体,但是我只看到屋里一片狼藉,像是被台风袭击过似的,应该是被一个急匆匆的寻宝者搞乱的。

我小心翼翼地检查四周,到处查看加林斯基留下的线索,同时手指始终紧扣扳机。

我见过很多死人，从他们的死状上我总觉得有一股难以名状的东西，抑或是灵魂出壳的一刹那来得如此突然，以至于他们根本来不及摆出一个协调或是优雅的姿势告别人世。老太太双臂被绑着，手腕被吊在一个高高的壁炉台子上。她双腿无力地垂着，吊着整个身体的手臂显得被拉长了很多。她腹部以上的身体都是裸着的，脸上和身上全都是烫伤的痕迹。

我把枪放在壁炉上，一只手去解绳子，另一只手接着老太太。我把她放在地上。她脸上惊恐的表情告诉我她是受尽折磨而死的。我用一床被子盖住尸体的时候，心想如果她也知道希耶尔曼的秘密，她一定已经招了。加林斯基这个高明的刽子手，所有的烧伤全都只在表皮而没有伤到肌肉，因为那样会致人于昏厥。这个时候他大概已经跑远了。我恨自己爬山时半路弃车步行。我站起身来，突然一个冰冷的东西抵住了我的右耳。

"动作慢点，老实点。"持枪人说。

他把我推到一把椅子前。

"坐下，双手放在肩上。"

我照他说的做。他不再用枪顶着我的耳朵，但仍然用枪指着我，坐在一张桌子边。

"你是谁？"他问。

"这并不重要，加林斯基。"

我面前这个用一把九毫米口径的左轮枪指着我的人约有一米九，一头修剪整齐的金发，他的蓝眼睛里有一股说不出的惊讶："你怎么知道我的名字的？"

"你留下了太多的线索，太多了。少校不会再信任你了。"

"我看你知道得不少嘛，你他妈的是谁？"

"我叫胡安·贝尔蒙特。我们以前从未见过，今天是初次相遇。"

"和那个著名的斗牛士同名。你来说说我的失误。"

"首先，你应该清理一下莫雷拉的家再杀了他，我去了那里，并找到了邮箱的钥匙；第二，你给他写信的时候用了你的代号：维那·施洛德斯，而在德国警察局里有你的记录；第三，你没有杀杂货店的老头灭口。对一名前情报人员来说，这些错误算很多了，对于一个科特布斯的人来说就实在太多了。"

"我们都老了。但是我可以保证我不会再犯错误了。我想你知道我在找什么。"

"还有,你根本就不必杀这个老太太。我也从德国来,寻找流浪中的新月宝藏。但我们最大的区别就是:我知道金币在哪儿。"

"很好!这样我们可以商量商量。我看你也是个贪生怕死的人。我对这个女人做过的事和我将会对付你的手段比起来,简直就像小孩子的游戏。"

"我相信。一个这辈子都是令人讨厌的法西斯分子是肆无忌惮的。但你也别太得意。她也知道金币的下落,你懂吗?你只不过是一团没人搭理的废物,纯粹的废物。你就是这德行。"

我看见他的手指伸向扳机。他的眼睛告诉我他真想给我一枪,他想杀了我,但是他首先要证实我说的是真是假。我必须拖延时间。曼苏尔、阿基雷和安娜应该正在路上呢。

"我数到三。金币在哪里?一。"

"你这个白痴相信我?你什么都不知道。在我开口说话之前你是不会碰我一根汗毛的。科特布斯出来的人都这么白痴吗?还是先天营养不良?"

"二。"

"立刻动手啊!如果你要干掉我,最好让我告诉你我还欠你个人情：我一直想一枪崩了莫雷拉。我们早就认识了。他一定告诉过你他在尼加拉瓜干了什么。我也在那里。你面前的人是一个游击队员，加林斯基，一个可以让你试试有多少勇气的人！而你只会跟在队伍屁股后面，你参加过哪次行动？"

"三。"

子弹射入了我的左脚脚背。我觉得有一股力量打在我脚上，我重重地摔在地上，然后便是灼烧感和整条腿由下往上的疼痛。

"我去过安哥拉和莫桑比克。索莫拉·马歇尔的手下教我学会了怎么玩这种游戏。如果你像你说的那样是个游击队员，你应该知道的。首先是一只脚，然后轮到另一只，直到你最后全身僵硬。我们继续下一轮。一。"

疼痛蔓延到了整条腿上，血从鞋子里流出了来。我想到了那两条死狗。加林斯基用的这种枪里一般有九发子弹。他还剩六发。

"你在哪里学的西班牙语？带一股中美洲的口音。你听得懂'犯贱、王八蛋'吗？你刚才就是犯贱！希耶尔曼把金币藏在离这里很远的地方。你还得背我去。犯贱，王八蛋！"

"二。"

"西班牙语里有得是骂人的话,每一个对你都很合适:王八蛋、混蛋、婊子养的、没生好的、包皮、傻帽、草包。"

"你还不明白游戏规则。干吗要骂人呢?三。"

他举起了枪,就在这时响起了一声猎枪声,我被震下了椅子,双发子弹的巨大冲击力使加林斯基跌下了桌子,倒在我脚旁,胸部血肉模糊。

卡洛斯·卡诺。他站在门槛上。

"你为什么这会儿才开枪?"我躺在地上埋怨他说。

"我想听听脏话清单。他妈的,他在你脚上打了一个洞。"

阿基雷、曼苏尔和哑女跟着卡诺进了门。他们面对这血腥的场面全呆住了,一时间不知该做什么。安娜紧紧地贴在曼苏尔胸前,努力控制自己不吐出来。

"忍一下,我帮您把鞋脱下来。"阿基雷说。

"我来脱吧,这家伙皮厚。"卡诺说。

子弹穿透了脚掌。阿基雷认为没有伤到骨头。他给我消毒、包扎,然后忙着处理格丽赛尔达和加林斯基的尸体去了。

"卡诺,你怎么会到这儿来的?"

"不知道。我想可能是宝藏的故事吸引我的。昨天我看你走远的时候，我就想也许我能帮上你的忙。我回到努埃沃港，在那儿过了一夜。早上我就到了特雷斯比斯塔斯。正好碰上这里的朋友。我们看见了死狗，于是我向曼苏尔要了一支猎枪，后来的你已经知道了。"

"对一个不速之客来讲，干得不错啊。"

"那金币呢？你真的知道金币藏在哪儿？"

"你真他妈的混蛋！居然一直在外面。"

卡诺耸了耸肩。他点了两支烟，把其中一支塞到我嘴里。我们放声大笑。阿基雷耐心地等我俩安静下来后说："我知道金币在哪儿了。请把这鬼东西带走。"他边说着边示意我们跟他走。

屋外，几只黑色的鸟在我们头顶上空飞成一圈。

十七　圣地亚哥：最后的咖啡

当我走进小酒吧时，我的双腿在颤抖。我找了一个离门口最近的座位以便观察街道和附近的房屋。我点了一杯咖啡，年轻的服务生卖力地向我推荐意式浓咖啡，我回答说无所谓，什么都一样。我在酒吧里等咖啡的时候发现，尽管旭日初升，绿树成荫，圣地亚哥却依然一副昏沉沉的样子，充满悲伤。这是座悲伤的城市。迪亚兹·埃特罗维克[①]在他唯一一部描写圣地亚哥的黑色小说中就是以此为题的。这本书我在汉堡读过。这是座悲伤的城市。妈的，贝尔蒙特，你要鼓足勇气完成这最后一步。鼓起勇气走出去，穿过马路到街对面去。

穿过这条马路，就这么简单。维洛妮卡，我的爱人。穿过马

[①] 拉蒙·迪亚兹·埃特罗维克（1956—　），智利作家，擅长黑色小说。

路，按动门铃黑色的按钮，我就可以和你在一起了，面对你的出神和沉默，我害怕。请让我喝完这么多年来的最后一杯咖啡。

我坐在酒吧里直直地看着安娜夫人的家。脚伤依然隐隐作痛，但已经不碍事了。我摇动着杯子，最后一次回味了一下在遥远的火地岛发生的一切。

那是三天前的事了。阿基雷爬上希耶尔曼家闪闪发光的锌合金的屋顶。卡诺跟着他爬了上去。他们用锤子拆除了固定锌板的钉子，在锌板接口处他们找到了那些害人的金币。这是典型的德国人的行事方式，他甚至用雨布包住了金币，好遮住它们的光芒。

一个接一个的金币落在我面前。我用折刀揭开包裹金币的雨布。多少个世纪以来令人们垂涎的六十三枚金币展现了它们冰冷的光芒，就如同表面的新月饰纹一样寒气逼人。

"把这鬼东西带走吧。"阿基雷说。所有的财宝都散在草地上，和疲惫的马匹拉的粪便放在一起。阿基雷、卡诺、曼苏尔和哑女都忙着料理尸体。

"我想要把这一切都向警局报案。"我边收拾金币边说。

"您走吧。如果我们去报警，消息就会不胫而走的。别人会以为这里还有更多的金币，那这里就会遍地都是令人讨厌的家伙。您走吧,请把这些鬼东西远远地带离火地岛。我们知道怎样处理这些尸体。"曼苏尔说。

"说得对。这些宝藏只能供做寒冬饭后茶余的谈资而已。"卡诺补充说。

在彭塔阿雷那斯机场我给克拉默打了个电话:"你的垃圾我已经到手了,全部。"

"太好了,贝尔蒙特。我就知道你不会让我失望的。难不难?"

"这不重要。现在该你完成我们协议中你那部分了。"

"只等这些东西放在我的书桌上。"

我留了几个钱在桌上,一瘸一拐地走出了酒吧。这个城市还是那么悲伤,虽然现在正是夏天,虽然天地之间万里无云,虽然没有一只黑色的鸟儿飞过我的头顶。我终于开始穿越马路,想着我的爱人维洛妮卡,想着为什么在生死线上都已经徘徊过的我们,却如此害怕要面对活着的彼此?

一九九三年,汉堡——一九九四年,巴黎